¡FELIZ AL PRIMER CLIC!

CLICK *me* HAPPY!
(¡FELIZ AL PRIMER CLIC!)

Una novela corta romántica con tres finales

OLGA NÚÑEZ MIRET

Copyright del texto ©2013 Olga Núñez Miret

Se reservan todos los derechos. Ninguna parte de este libro puede reproducirse, almacenarse, compartirse o transmitirse, en forma alguna y usando medio alguno (electrónico, mecánico, de grabado y cualquier otro) sin previo permiso por escrito del dueño del copyright.

Portada: Raquel Antúnez Cazorla

Diseño y composición: Beata Kibil (www.digebooks.com)

Índice

Prólogo	vii
Capítulo 1. Donde conocemos a la "heroína"	1
Capítulo 2. El grupo y Lance	7
Capítulo 3. Loca por el chico (Mad about the boy)	12
Capítulo 4. 'Lo divertido'	16
Capítulo 5. El adolescente se va	21
Capítulo 6. Coqueteando. Parte 1	25
Capítulo 7. Entra "el autor" (¿Héroe?)	30
Capítulo 8. Coqueteando. Parte 2	37
Capítulo 9. ¿Puedes vivir sin ello? Parte 1	43
Capítulo 10. ¿Puedes vivir sin ello? Parte 2	54
Capítulo 11. Unas vacaciones románticas/La pareja se conoce por fin	59
Capítulo 12. Final triste. Zane es malo, muy malo para el corazón.	70
Capítulo 13. Final neutral. Zane es un tío majo pero…	78
Capítulo 14. Final Feliz. ¡Zane es un tío fantástico!	89

Prólogo

Queridos lectores:

Probablemente os estaréis preguntado: ¿qué es esto de 'Una novela corta romántica con tres finales'? Algunos lectores hicieron comentarios sobre el final de una de mis novelas, 'El hombre que nunca existió'. Parece que algunos hubieran preferido un final feliz. A mí no me parece que sea un final triste, es abierto pero…Tengo que admitir que los finales felices no se me dan muy bien, y eso me hizo pensar.

Cuando se me ocurrió la idea de escribir una historia romántica, pensé: la mayoría de los lectores esperarán un final feliz. No soy una escritora de historias románticas nata (que yo sepa), así que suelo pensar que este tipo de cosas acabarán mal. O al menos no necesariamente con todos felices y comiendo perdices. Cuanto más pensé en ello, menos convencida me quedé. Y decidí que lo mejor sería darle a elegir a los lectores. Primero pensé en escribir un par de finales: uno feliz y uno triste. Finalmente me di cuenta de que si hubiera escogido yo probablemente me hubiera quedado con un final neutral como opción preferida (me encantan los extremos pero personalmente no suelo adoptarlos) y pensé, ¿por qué no tres?

Me explico. Lo que he hecho es escribir la historia de los personajes y en un cierto punto os daré la opción de escoger uno de los finales. Por supuesto, nada os impide leer los tres, o incluso inventaros uno diferente que os guste más. Yo os doy la materia prima, ¡y a ver qué pensáis!

Al final del libro os dejo unos cuantos enlaces para que podáis poneros en contacto conmigo y obtener más información sobre mis libros. Me encantaría que me dejarais vuestra opinión, la compartierais con los demás, hicierais comentarios… Y, especialmente si os gusta, os estaría muy agradecida si pudierais escribir una reseña. Por supuesto si no os gusta también podéis escribir una reseña, aunque no os estaré tan agradecida.

¡Gracias y espero que os guste!
Olga

Capítulo 1.

Donde conocemos a la "heroína"

—No. ¡No otra maldita novela romántica! ¡Voy a vomitar de asco! ¡Anda, anda, mírala! Portada rosa con un tío macizo enseñando el pecho y una chica guapísima contemplándolo con lujuria. Y en el horizonte un castillo "escocés" de pacotilla. ¡No puedo soportarlo ni un minuto más!

Lilith Darville era mucho más atractiva de lo que se creía. Aunque no era una belleza arrebatadora (sea lo que sea lo que eso signifique) tenía un bonito pelo castaño que siempre llevaba corto (no tenía talento alguno para los peinados complicados), grandes ojos marrones almendrados, una peca que le favorecía mucho en la mejilla izquierda, nariz pequeña y boca bien definida. Una combinación la mar de agradable, pensara ella lo que pensara.

Solo se ponía maquillaje bajo tortura (y en ocasiones muy especiales), y aunque de pequeña estaba rellenita, entre comida sana y mucho ejercicio ahora estaba delgada y en buena forma. No era una top-model pero ¿quién quiere estar tan famélico de todas formas?

—¿Cómo se llama? —preguntó Debbie, encargada de la biblioteca y buena amiga de Lilith.

—¿Qué importa eso? Se tendría que llamar; *Mira los musculitos de este tío, ponte caliente y compra mi libro.* ¿De verdad hay alguien que se crea estas tonterías?

—No es cuestión de creer o no, Lilith. Es una fantasía. ¿Quién no querría salir con un tío guapísimo, ser el centro de su universo, que te envidien las demás mujeres y...?

Lilith miró a Debbie de arriba abajo. Debbie tenía cuarenta y pico de años, unos cuantos años más mayor que Lilith, y Lilith siempre bromeaba y le decía que se vestía como un anuncio de Laura Ashley, con faldas a flores, blusas de lo más modesto, y el uniforme obligatorio de las bibliotecarias, un jersey de punto. El de hoy era de color verde oliva.

—¿De verdad piensas eso, Debbie? Tú eres una mujer con mucho talento, tocas la guitarra como los ángeles, sabes todo lo que se puede saber sobre libros y sobre esta ciudad, estás felizmente casada con un hombre inteligente y amable y tienes un hijo maravilloso. ¿De verdad necesitas ese tipo de libros?

Debbie miró primero al suelo pero luego le clavó la mirada a Lilith. Un ligero rubor le cubría las mejillas

—No. Por supuesto que no los necesito, pero le dan un poco de emoción a la vida y la hacen menos sosa. No tienen nada de malo.

—Nosotras las mujeres perdemos el tiempo leyendo esta basura en lugar de salir a...

Sí, ¿a qué? Lilith hacía ya tiempo que no se sentía realizada. Le faltaba algo. Por supuesto le encantaban los libros y trabajar en la biblioteca era muy agradable. Había trabajado allí desde que terminó el Masters en Biblioteconomía hacía años. Ayudaba a Debbie con las colecciones de la biblioteca y se había encargado de crear un archivo de observación en masa donde la gente de la localidad podía depositar sus memorias y recuerdos sobre noticias locales, ya fuera por escrito, en grabaciones, y más recientemente incluso en vídeo. Había tenido mucho éxito y un estudiante de cinematografía de la localidad planeaba hacer un documental usando algunos de los materiales del archivo. Sí, desde luego su trabajo tenía sus recompensas, pero aún y así...

Debbie la miró sonriendo y dijo:

—Tengo un nuevo proyecto para ti. Puede que te haga ver las cosas de forma distinta.

—¿Qué proyecto?

Debbie siempre intentaba a animar a Lilith. Pero pasar un día en un spa e ir al teatro, de compras, o a ver una película, no podían obrar milagros. Estaba convencida de que lo que Lilith necesitaba era esa cosa escasa, de gran rareza, y de acuerdo con la opinión de algunas mujeres, mítica: un buen hombre. Por supuesto Lilith no lo aceptaba. Pero aún y así Debbie sabía que tenía razón.

—Libros digitales. No podemos quedarnos desfasados. Tenemos que avanzar con los tiempos. No hay excusa para no proporcionar un servicio de préstamo de libros en formato digital. Todas las bibliotecas de las ciudades vecinas lo han hecho. Quiero que vayas a la próxima reunión del Grupo de Gerencia de las Bibliotecas de la región y te enteres de todo lo que puedas. Y tendrías que hacerte miembro de algunas redes sociales. Son una mina de información sobre nuevos escritores, libros, reseñas...Y por supuesto, de ese modo conseguirías mantenerte en contacto con tu amiga Rowena mucho más fácilmente.

Lilith y Rowena se conocían desde la guardería. En lugar de distanciarse con el paso del tiempo y la edad se volvieron cada vez más unidas hasta tal punto que había gente que creía que tenían un vínculo especial, como si fueran gemelas, y podían comunicarse entre si sin necesidad de hablar.

Probablemente habéis visto esos imanes de cocina con citas divertidas. Quizás recordéis una que dice algo así: 'Dios, si no puedes volverme delgada, haz que mis amigas engorden.' El caso de Lilith y Rowena era el opuesto. Aunque Lilith era una mujer bastante atractiva, años de compartir escenario con Rowena, que desde que era un bebé fue una belleza espectacular, la habían convencido de que era fea. Cualquier persona que viera primero a Rowena jamás la dejaría de mirar para fijarse en Lilith. Y si por casualidad miraran a Lilith primero, una vez vieran a Rowena todo se terminó. Pelo largo negro, preciosos ojos verdes, una boca perfecta en forma de corazón y un cuerpo fabuloso para completar el diseño, era el sueño de cualquier hombre hecho realidad. Y además tenía un gran sentido del humor para que no faltase nada.

Después de años de ser grandes amigas, con Lilith viviendo vicariamente a través de la vida amorosa de Rowena (novios y más novios, prometidos, aventuras…), Lilith no pudo ir a una de sus vacaciones anuales en el extranjero por culpa de una enfermedad (apendicitis). Ella se empeñó en que Rowena no debía perderse las vacaciones y después de mucho insistir, Rowena fue sola. Durante esas vacaciones en Cancún, Rowena conoció a Scott, un ranchero australiano, que no solo tenía dinero a montones, sino que además tenía el aspecto de uno de los héroes de las novelas que Lilith tanto despreciaba. El romance a larga distancia progresó con gran rapidez. En 6 meses Rowena se había trasladado a Australia y unos meses después se casaron. Aunque le había dicho a Lilith que abriría su propio negocio de diseño de interiores, en lugar de eso se había convertido en una ama de casa de lujo, madre de un niño y una niña, y se dedicaba a jornada completa a la jardinería, atender reuniones y comités y hacer pasteles. Lilith no lo podía entender.

Debbie miró a su amiga. Sabía que aunque las dos estaban muy unidas ella nunca conseguiría llenar el vacío que había dejado Rowena cuando se marchó.

—Friendties, Puffin y todas esas tonterías no me convencen para nada. Por lo que veo, cuantos más métodos de comunicación inventan, más problemas para comunicarse aparecen. Y de verdad, esta compulsión de contarles los asuntos de uno a todos…Si no tienes nada importante o interesante que decir, cállate. Es lo más decente.

—Existen diferencias de opinión sobre lo que pueda ser interesante.

—Bueno, el tipo de pizza que te hayas comido no lo es, a menos que estuviera envenenada y eso la convierta en un peligro para la salud.

Debbie suspiró. Esa conversación la habían repetido muchas veces.

—Puedes escoger tu propio nivel de privacidad y solo compartir lo que quieras compartir. Y no hace falta que des tus detalles personales a nadie.

Lilith negó con la cabeza. Seguía sin estar convencida.

—Al menos podrías usar Eye para los mensajes y llamadas. Es gratis e incluso podrías ver a tu amiga en directo.

—Me lo estoy pensando.

Sí. Se lo llevaba pensando varios meses. Debbie sonrió.

—Así que irás al próximo Grupo de Gerencia de Bibliotecas regional. Les informaré de ello. Es el próximo miércoles a la 1 de la tarde. En la Biblioteca Central en Hudson.

Antes de que Lilith pudiera poner objeciones, Debbie se

fue. Sabía que esto le daría un empellón a Lilith y con un poco de suerte le daría también la oportunidad de conocer a alguien. Y por supuesto sería un gran programa para la biblioteca.

Capítulo 2.

El grupo y Lance

Miércoles por la tarde. Grupo de Gerencia de las Bibliotecas de la región. Allí estaba Lilith. Se sentía algo aprensiva. Conocía a la mayoría de gente que iba a estar allí. Pero nunca le habían gustado ese tipo de reuniones. Todo el mundo intentando sobrepasar, superar y pisotear a los demás en un escenario tipo 'Yo la tengo más grande que tú'. Bueno, el equivalente bibliotecario. ¿'Mi catálogo es más largo que el tuyo'?

Martin Kingsley, presidente del grupo, era el Director de la Biblioteca Central de la región, y por tanto, Dios. Se la presentó a los demás.

—Tenemos un nuevo miembro de nuestra biblioteca hermana de Woodgreen, Lilith Darville. Bienvenida. Sé que formas parte de un grupo de trabajo que prepara la introducción de los libros electrónicos en vuestra biblioteca. Es una idea excelente. Estoy seguro de que todo el mundo está dispuesto a echaros una mano. No te presentaré a todos, porque creo que ya los conoces.

Lilith asintió. No, no los conocía a todos pero se pondría al día. 'Grupo de trabajo'. Grupo de trabajo de uno. No importaba. Era jerga de gerencia.

Se leyeron un montón de informes interminables, hubo discusiones sobre cosas tan excitantes como la anchura de las puertas y el acceso a los cuartos de baño…Nada que estuviera relacionado con los libros o la lectura. Al final de la reunión se habló un poco sobre el presupuesto y las compras.

Cuando estaba a punto de salir disparada de la reunión, el señor Kingsley la atrapó.

—Oh Lilith. He tenido una idea. Tenemos este joven de prácticas con nosotros. Es un mago de los ordenadores y la informática. Nos ha estado ayudando con nuestra página de web. Ha terminado con el proyecto y se me ocurrió que podría ser de gran ayuda para vosotros. Podría ayudarte a surfear entre las variadas opciones y familiarizarte con el sistema. Se llama Lance Davies. Os lo enviaré. Estará con vosotros el lunes que viene.

—Gracias—acertó a decir Lilith.

El día siguiente Debbie le preguntó cómo había ido.

—Bueno, ya sabes…una reunión es una reunión. Martin Kingsley en su reino. Nada sobre libros por eso. Aunque al final de la reunión se acercó a hablar conmigo.

—¿Martin? ¿De verdad? ¡Vaya! ¡Debes haberte sentido muy honrada!

Lilith y Debbie se miraron y se echaron a reír. Habían decidido hacía mucho que Martin era un pretencioso que se creía el emperador de las bibliotecas enviado en una misión sagrada a salvar el universo a través de un programa de apretarse el cinturón y ahorrar unos céntimos.

—Me dijo que tenían un 'joven' de prácticas que era un mago de los ordenadores que había estado ayudándoles a rediseñar su página de web y ahora…podría echarnos una mano.

—Eso es sorprendentemente generoso.

Lilith miró a Debbie y asintió.

—Sí. Yo también pensé lo mismo. Me pregunto qué problema debe tener el chico para que de repente nos lo 'preste'. Debe haber hecho algo que le ha disgustado.

—Bueno, cualquier persona capaz de enfadar a Martin es amigo mío. ¿Cómo se llama y cuándo empieza aquí?

—Empieza el lunes y se llama Lance. Lance Davies.

A Debbie le costó contener la excitación.

—Lance….un gran nombre—Lilith miró a su amiga y sacudió la cabeza.

—Me parece que las novelas románticas te están afectando el cerebro. Será un obseso de los ordenadores y un rarillo.

—Ya veremos.

El viernes por la noche Rowena llamó a Lilith, como hacía cada dos semanas.

—¿Cuándo vas a darte de alta de Eye?

—Ya sabes que te he dicho que me lo estoy pensando. De todas formas, están pasando cosas.

—¿Cosas?… ¿Qué tipo de cosas? ¿Has conocido a alguien?

Aunque Rowena y Debbie no se conocían en persona, compartían la opinión de que Lilith necesitaba un hombre. En el caso de Rowena no le preocupaba demasiado que fuera un 'buen' hombre o no, con tal de que supiera cómo pasárselo bien. Lilith suspiró.

—No, no he conocido a nadie. Debbie quiere que haga un estudio sobre libros digitales y luego organice una sección en la biblioteca. Fui a una reunión de las bibliotecas regionales y nos van a enviar a un chico joven para que nos ayude con el proyecto. Empieza a trabajar aquí el lunes.

—Ah, así que conocerás a alguien nuevo.

—Rowena, te acabo de decir que es un chico joven.

—¿Y?

—Yo ya no soy joven. Por si lo habías olvidado.

—Solo eres tan vieja como el hombre con el que estás. Así que…De todas formas, con tal que sea mayor de edad y que tu no seas su jefa directa, y que no sea pariente…Los chicos jóvenes son de lo más entretenido. Son como cachorros llenos de entusiasmo. Y tan inocentes.

Lilith no pudo evitar una sonrisa. Rowena siempre tenía unas opiniones la mar de 'interesantes'.

—A veces me preocupas de verdad. ¿Sabe tu marido que opinión tienes sobre los chicos jóvenes?

—Ojos que no ven corazón que no siente. No seas aburrida. Ya sabes que quiero a Scott pero eso no quiere decir que esté ciega y no aprecie a otros hombres. Y la fantasía ayuda a mantener el interés y la excitación en un matrimonio.

Otra con lo de la fantasía. Vaya con las mujeres casadas…, pensó Lilith.

—Me lo apunto en caso de que por alguna casualidad extraña me llegue a casar.

—Nunca digas nunca jamás…Pero esto quiere decir que tendrás que entrar por fin en el Siglo XXI. ¡Gran noticia!

—Eso es lo que me dice Debbie, que tengo que meterme de lleno en todo eso de los medios de comunicación sociales porque hay cantidades enormes de información disponibles que podrían ser útiles. Tú ya sabes lo que pienso sobre todo eso.

Rowena se rió.

—Sí, sí. Me lo has dicho montones de veces. 'Privacidad', 'tonterías y superficialidad', 'una pérdida de tiempo'… Lo bonito del caso es que estoy segura que una vez que lo pruebes te encantará. A pesar de lo que quieras aparentar a ti te gusta la gente y estoy segura de que cuando te acostumbres a ello no podrás creer que has vivido tanto tiempo sin usarlos.

—Estoy segura de que te demostraré que estás equivocada.

—¿Nos apostamos algo?

A Lilith no le gustaban las apuestas, pero...

—OK. ¿Cuánto?

—No, no. Dinero no. Si gano yo vienes de vacaciones conmigo.

—Eso no es una gran...

—No, espera, que no lo has oído todo. Yo escojo destinación y tú no puedes decir que no.

Sí, eso sonaba más peligroso. Rowena a veces tenía unas ideas de lo más endemoniadas. Pero no iba a perder la apuesta así que...

—Vale. Y si gano yo...

—Si ganas tú dejo de darte la lata con los hombres —dijo Rowena.

—¡De acuerdo! Especialmente porque sé que ganaré.

—No estés tan segura.

Capítulo 3.

Loca por el chico (Mad about the boy)

Llegó el lunes y consiguieron satisfacer su curiosidad. Lance... bueno, no era un héroe romántico, se llamase cómo se llamase. Cuando Lilith llegó a la biblioteca y fue a llamar a la puerta de Debbie vio que había un adolescente en su despacho. Se estaba dando la vuelta para irse y dejar que resolviera el asunto que fuera con el chico aquel, cuando Debbie alzó los ojos, la vio a través del panel de cristal y le hizo un gesto con la mano para que entrara. Ella lo hizo.

—Ah, Lilith. Has llegado. Este es Lance Davies. Lo han enviado de la Biblioteca Central para que nos eche una mano con nuestro proyecto digital.

Lilith miró al que se había creído que era un adolescente y vio...a un adolescente. Tenía el pelo negro rizado y bastante largo (por los hombros), gafas como las del Harry Potter, llevaba una camiseta, tejanos y unas zapatillas deportivas y en el hombro una bolsa de ordenador que a primera vista le había parecido una cartera de escuela. Él sonrió, se levantó y le dio la mano.

—Encantado de conocerte, Lilith. Debbie me estaba contando todo sobre ti.

¿Todo? ¿De qué estaba hablando? Se preguntó Lilith. Ella miró a Debbie quien le sonrió y señaló hacia la puerta con la cabeza.

—Enséñale tu oficina y los ordenadores, Lilith.

Lilith guió al joven (no adolescente, tenía que parar de pensar en él como en un chico jovencito) a su oficina en la parte trasera de la biblioteca. Ella intentó evitarlo pero al final no pudo contenerse más y le preguntó.

—Perdona la pregunta pero ¿qué edad tienes?

Él la miró por debajo del flequillo y le sonrió enseñándole unos dientes perfectos y blanquísimos.

—Todo el mundo me pregunta lo mismo. Supongo que parezco más joven de lo que soy. Tengo 22 años. ¿Y tú?

¡Qué descaro! Desde luego no era tímido. Pero pensándolo bien, era justo que se lo preguntara.

—Tengo 44.

—Nadie lo diría. Pareces mucho más joven. De todas formas, a mí me gustan las mujeres mayores.

Lilith casi se atragantó y confió en no haberse ruborizado. ¿De qué iba el chico éste? ¡Podría ser su hijo!

Decidió hacer como que no le había oído, o que incluso si le oyó no pensaba que era una frase para ligar terrible. 'Hazte la imbécil, hazte la imbécil', se repitió a sí misma. Era uno de sus mecanismos de defensa favoritos, especialmente con gente a la que no conocía.

Cuando le enseñó el ordenador, él se sentó delante de la mesa de despacho, acercando otra silla a su lado para que se sentase ella.

—No es el mejor equipamiento del mundo pero servirá. Déjame que te enseñe. Usaré mi propia cuenta para mostrarte uno de los libros digitales y luego te abriré una cuenta.

Funciona mejor en un lector electrónico pero te dará una idea de cómo funciona.

Lance puso sus datos y entró en su cuenta rápidamente. Le enseñó uno de sus libros.

—Puedes hacer todo tipo de cosas. Puedes subrayar, tomar notas, cambiar el tamaño de la escritura y hacerla más grande o más pequeña (es fabuloso para la gente que necesita gafas para leer), cambiar el color de la página, buscar una palabra en el diccionario que ya viene de fábrica. Pruébalo…—dijo él, levantándose, apoyando una mano en su hombro y empujándola levemente hacia adelante…Una vez Lilith se acostumbró a cómo funcionaba él le preguntó:

—¿Qué te parece?

—No está mal—reconoció un poco a regañadientes.

—¡OK! Abriremos una cuenta para la biblioteca y la conectaremos con el catálogo de la Biblioteca Central. Supongo que te animarás a tener tu propia cuenta…No estoy seguro de que yo me dedicaría a comprar libros si trabajase en una biblioteca, pero por si acaso, y ahorra tantísimo espacio.

Él siguió hablando mientras lo organizaba todo rápidamente, preguntándole los detalles de las cuentas de correo electrónico, recogiendo y archivando las contraseñas, creando documentos para guardar toda la información…

—Vamos a comer. Esta tarde toca lo divertido.

'Lo divertido.' Lilith se preguntó que tenía pensado su chico/joven. Le acompañó a la cafetería donde normalmente encargaban los sándwiches que les llevaban al trabajo. Aunque siguió haciéndoles las preguntas usuales:—¿Cuánto hace que trabajas aquí? ¿Qué tipo de libros te gusta leer a ti, personalmente?…—al mismo tiempo estaba ocupado con el teléfono. Al cabo de un rato debió darse cuenta de la cara de ella porque dijo, alzando los ojos y mirándola directamente:

—No te gustan los móviles.

—Tanto me dan. Creo que tener un teléfono puede ser útil, pero cuando empiezan a dominar toda tu vida...

—¿Un teléfono? Esto no es solo un teléfono. Llamar por teléfono es lo menos importante que hace...Es un 'nexo de comunicación'—anunció en tono importante. Lilith decidió que debía haber adquirido los derechos de autor por la expresión o estar a punto de hacerlo, ya que parecía estar la mar de satisfecho con ella. Lilith no pudo evitarlo y se echó a reír.

—No te preocupes. No tienes que intentar venderme uno. No hace falta. Ya tengo.

Ella le enseñó su indescriptible, pasado de moda y muy básico, móvil. Lo tenía hacía casi 5 años y parecía nuevo. Era una pieza de museo.

Él lo miró con cara de horror y disgusto.

—Cuando tengas un teléfono de verdad ya verás. No te podrás creer como has conseguido sobrevivir tanto tiempo sin él.

Lilith empezaba a pensar que grabarían la frase dichosa en su lápida. 'No podrás creerte como has conseguido pasar tanto tiempo sin...' estar muerta, pensó ella, en ese caso. Seguía sintiéndose muy escéptica.

Capítulo 4.

'Lo divertido'

De vuelta a la biblioteca y después de una parada de mantenimiento de Lance ('Si no meo exploto') volvieron al ordenador.

Lance se sentó de nuevo delante del ordenador y acercó una silla para Lilith. Probablemente era solo su imaginación, pero a ella le parecía que la silla estaba cada vez más cercana a él. No, solo era su imaginación. Seguro.

—Veamos. Hay unas cuantas páginas de web que podrían ser interesantes para ti. A ver..., 'Greatbooks' (Grandes Libros) primero.

—¿Qué es eso?

—Es como un club de lectura, pero en el internet. Puedes apuntarte a grupos, hacer reseñas de libros que has leído, montar discusiones sobre libros u otros tópicos, participar en concursos y competiciones, tienes una estantería donde puedes poner los libros que estás leyendo o los que te gustaría leer y comparar tus gustos con otra gente...Y una vez hagas amigos la gente te invitará a eventos, libros gratis, competiciones, a votar y hacer listas...Puedes importar amigos de 'Friendties'(Lazos de amistad) y 'Puffin'...

Él paró de hablar y se giró hacia Lilith.

—No tienes cuenta en ninguno de esos sitios, ¿no?

Ella negó con la cabeza. Lance suspiró, aparentemente resignado.

—Vale…Poco a poco.

Lilith tuvo que reconocer que le gustó Greatbooks. Aunque no estaba demasiado convencida de los estándares de algunas de las reseñas, una vez encontrara a gente de gustos similares a los de ella se sentiría más segura.

Luego, como ya había amenazado, pasaron a Friendties (o Ft para acortar) y Puffin. A Lilith le parecieron los dos bastante esperpénticos. Todo el mundo saltando arriba y abajo y agitando los brazos —'miradme, escuchadme, tengo una inmensidad de cosas poco interesantes para contaros'— no estaba hecho para ella. Pero sabía que Rowena estaba en Friendties.

—Rowena tiene cuenta en Friendties.

—¿Quién es Rowena?

—Es una amiga de la infancia. Mi mejor amiga. Ahora vive en Australia.

—Oh, fantástico. Podrás hablar con ella. Si tienes una foto…Puedes descargar todo tipo de cosas. Pics…fotos (tradujo él cuando le vio la cara), videos…Puedes compartirlos con los amigos. Puedes escribir cosas sobre ti, fecha de nacimiento, la escuela donde estudiaste, trabajo…Puedes hacer que la información sea pública o solo dejar que la vean tus amigos. Y puedes dejar que otros publiquen cosas en tu página o puedes bloquearlo. O solo dejar que las publiquen después de echarles un vistazo.

Lilith solo tenía una foto en formato digital, la del carnet de la biblioteca, y esa fue la foto que Lance puso en su perfil. Una vez añadida la información básica (ella seguía sin querer compartir nada más que la información mínima e insistió en no permitir que nadie publicara nada en su página) decidió buscar a Rowena.

—Ahí...Haz clic ahí...—Lance señaló un botón en la pantalla: '+AMISTAD'. Ella hizo clic y apareció un mensaje: 'Solicitud de AMISTAD enviada'—¡Cuando te conteste estaréis conectadas!—señaló otra zona de la pantalla con un sobre—. Ahí puedes enviar mensajes...y aquí...

Lance también abrió una cuenta en Friendties para la biblioteca, que administraría Lilith, con anuncios oficiales, eventos, noticias...Organizarlo todo llevó la mayor parte del lunes y Lilith tuvo que admitir a la hora de cerrar que no había sido un día tan terrible como se había temido.

Aunque se había prometido que no visitaría ninguna de las cuentas otra vez, no pudo resistir conectarse a Friendties cuando llegó a casa. Rowena había contestado a su solicitud y ahora eran amigas. Visitó la página de su amiga y vio un montón de fotos, enlaces, e incluso hizo clic en 'love' para decir que le encantaban una variedad de cosas. Era algo tarde para conectarse, con la diferencia horaria aparentemente su amiga no estaba conectada, pero sí, se dio cuenta de por qué le podía llegar a gustar a alguna gente.

El martes Lance le enseñó algunos de los trucos del oficio y ella se conectó a algunas de las otras bibliotecas para echarle un vistazo a sus normas y protocolos, y también intercambió información con otros bibliotecarios. Aunque iba algo lenta al principio, una vez se acostumbró a cómo funcionaba todo descubrió un montón de información de lo más valiosa.

Lance se dedicó a crear un sistema que permitiera que los miembros de la biblioteca pudieran conectarse y tomar prestados libros electrónicos, no solo en la biblioteca sino también desde sus casas, una vez obtuvieran un nombre de usuario y contraseña digitales para el catálogo de la biblioteca.

En los días que siguieron y con la ayuda de un par de voluntarios, los dos muy jóvenes y muy entusiastas, diseñaron posters para anunciar la llegada de la revolución de los libros electrónicos a la biblioteca de Woodgreen. Debbie y Lilith estudiaron la lista de algunos de los libros digitales más vendidos y compraron unos cuantos para empezar la colección, con el plan de ir poco a poco incrementando la nueva sección del catálogo. Y como novedad, Lance la convenció de que podrían lanzar una hoja informativa digital que publicarían en la página de web de la biblioteca, en la página de Friendties de la biblioteca y que también podrían enviar por correo electrónico a los nuevos miembros que tomaran prestados libros electrónicos. La primera hoja informativa hablaba del lanzamiento de la sección de libros electrónicos de la biblioteca y solicitaba sugerencias sobre libros, ideas e iniciativas (por ejemplo video-conferencias con autores, clubs de lectores que se reunirían usando Eye…) que podrían implementarse en el futuro. Invitaba a todos a seguir a la biblioteca en Friendties y dejar sugerencias de lectura e innovaciones que les gustaría ver en la biblioteca. Supuso mucho trabajo pero todos estaban muy excitados con el proyecto.

—Confiesa. Te lo has pasado bien—le dijo Debbie a Lilith el jueves por la tarde.

—Vale, vale. No está tan mal. Pero de ahí a decir que no podría vivir sin ello…No. No me lo creo.

Debbie le dedicó una de sus sonrisas escépticas. Ya.

—¿Has conseguido conectar con Rowena?

—Somos amigas en Frienties, pero nunca parece que estemos conectadas a la vez. Supongo que algún día lo estaremos. Tendría que ser más fácil durante el fin de semana.
—¿Y Puffin?
—No puedo soportar la incesante avalancha de mensajes y basura. Siempre intentando llamar la atención…Sí, he empezado a intentar buscar información sobre libros, autores, y ese tipo de cosas, pero incluso usando las etiquetas que recomiendan hay tanta paja…

Capítulo 5.

El adolescente se va

El viernes era el último día de Lance. Lilith llegó temprano al trabajo. Le había enviado un mensaje a Debbie la noche anterior preguntándole si no tendría que hacer algo para decirle adiós a Lance. Al cabo de unos minutos Debbie respondió: 'Tengo una idea'

No le dio ninguna pista sobre a qué idea se refería, así que Lilith se sentía bastante curiosa.

—¿Qué habías pensado?—preguntó Lilith, entrando en la oficina de Debbie. Ella estaba leyendo unos papeles con pinta oficial y levantó la vista para mirarla con cara de sorpresa. Lilith se explicó:

—Creí que tenías una idea para celebrar el último día de Lance. Bueno, no para celebrar…Ya sabes lo que quiero decir.

—Ah, eso…Sí. Le llevaremos a cenar. Había pensado en un restaurante italiano… ¿Napoli?

—¿Llevaremos? ¿Quiénes?

—Nosotras dos. Jan siempre va a ver a su hija los viernes y Jake…Es su noche de beber.

Y eso fue todo. Sin opción para decir que no. A Lilith le tocó preguntarle a Lance si estaba libre.

A él le entusiasmó la idea.

—¿Ir a cenar con Debbie y tú? ¡Por supuesto!

—Ni siquiera has preguntado adónde vamos.

—No importa. La compañía es lo que cuenta.

Los tres se pusieron de acuerdo en que se encontrarían a la puerta del restaurante a las 7 de la tarde. Debbie ya había reservado mesa. Lance les dio su número de móvil para que le pudieran llamar en caso de algún contratiempo.

A las 6 de la tarde sonó el teléfono de Lilith.

—¿Sí?

—Lilith….Lo siento mucho, pero no puedo ir. Mi marido se ha retrasado por un asunto urgente en el trabajo y tengo que ir a recoger a Frank al entrenamiento de fútbol y llevarlo a ver a su abuela. Y ya sabes cómo es la madre de Tom. Tendré que quedarme un rato con ella…No puedo hacer otra cosa.

—Llamaré a Lance para cancelar la cena.

—Pero mujer, no seas tonta. Tú ve…Pobre chico. Es lo mínimo que podemos hacer.

—Quieres decir lo mínimo que 'yo' puedo hacer…De acuerdo.

Lilith llamó a Lance para contárselo.

—Si no te apetece lo entiendo perfectamente—dijo ella cruzando los dedos, esperanzada.

—No, no. Por supuesto que no. Me encantaría ir a cenar contigo.

Cuando Lilith llegó al restaurante Lance ya estaba fuera esperando. Ella descubrió que cuando hacía un esfuerzo tenía una pinta bastante decente. Llevaba una elegante camisa azul muy bien planchadita, pantalones negros de corte formal y el pelo bien peinado y brillante.

—Hola Lance.

—Estás muy guapa—dijo él inclinándose y besándola en la mejilla antes de que pudiera evitarlo.

—Tú tampoco tienes mala pinta—contestó ella, ya que era la verdad.

Él hizo gala de buena educación y se comportó muy bien. Seleccionaron los platos y Lance pidió algo de vino (Lilith no bebía alcohol) y charlaron. Al principio hablaron de temas inocuos pero luego, de repente, Lance preguntó:

—¿Hay alguien en tu vida?

Lilith probablemente se hubiera ruborizado si no fuera porque la pregunta la cogió totalmente por sorpresa.

—…No… ¿Por qué?

—Eres una mujer muy atractiva. ¿Por qué estás sola?

—¿Atractiva? ¿Yo?…Mi amiga Rowena siempre era el centro de atención…

—Quieres decir tu amiga en Friendties…Supongo que es cuestión de gustos…—contestó él.

—¿De gustos?—ahora Lilith estaba mirando a Lance con los ojos abiertos de par en par. ¿No iban a acabarse nunca las sorpresas?—Ella es preciosa. ¿De qué estás hablando?

—A algunos hombres puede que les guste ese tipo de belleza tan espectacular de modelo de revista, pero…yo prefiero algo…un poco más real…sin pasarse.

Lilith miró a Lance convencida de que se pondría a sonreír o se echaría a reír porque estaba bromeando. Pero no, parecía estar de lo más serio. De acuerdo, si era un juego, ella también sabía jugar.

—¿Y tú? ¿No tienes novia?

Él sonrió. Bonita sonrisa, pensó Lilith sin poder evitarlo.

—Me parece que ya te dije que prefiero a las mujeres

mayores. La verdad es que las chicas de mi edad no me interesan demasiado.

—Entonces, ¿tienes una novia más mayor? —le preguntó. No valía la pena ser reservados a estas alturas.

—No. De hecho no. ¿Por qué? ¿Te ofreces voluntaria?

¡Vaya cara! Lilith no sabía por qué le había sorprendido la respuesta. Tendría que haberla esperado y no meterse de cabeza en la trampa.

Lance no desaprovechó la ocasión y estaba preparado antes de que Lilith pudiera pensar en una buena respuesta.

—De verdad te encuentro muy atractiva. No es algo que le digo a todas para ligar. ¿Qué me dices?

Lilith lo torpedeó con su mejor mirada asesina.

—Puede que a ti te vayan las mujeres mayores pero a mí no me interesan los chicos jóvenes.

Eso sí que le calló. Al cabo de un buen rato, cuando ya estaban a medio comer el primer plato, Lance empezó a hablar de sus planes para las vacaciones. Quería ir a Vietnam y la conversación siguió por derroteros menos peligrosos e íntimos.

Él insistió en acompañarla a casa. Ella se paró cuando llegaron a la puerta de su edificio de apartamentos.

—Gracias. Y por tu trabajo. Ya sé que no ha sido fácil. Nos has ayudado mucho.

—Llámame cuando quieras si me necesitas para…cualquier cosa.

Él se abalanzó hacia adelante intentando besarla pero esta vez Lilith consiguió evitarle y le ofreció la mano que estrechó, cabizbajo.

—Buenas noches.

Capítulo 6.

Coqueteando. Parte 1

Lilith entró y cerró la puerta de su apartamento, se apoyó en ella y suspiró, cerrando los ojos. La velada había estado repleta de situaciones embarazosas.

Sonó el teléfono. Ella corrió a la cocina y lo descolgó.

—¡Hola!

—Hola Lilith. Tardaste lo tuyo.

—Rowena…Acababa de llegar…

—Habías salido.

—Sí. Una de las ideas de Debbie. Era el último día de Lance.

—¿Lance? ¿Era ese el joven que venía a ayudar a organizar lo de los libros digitales?

—Justamente. Debbie decidió que le llevaríamos a cenar esta noche y luego me dejó sola diciendo que no podía venir y echándole la culpa a Tom, su marido.

—Sí, los maridos sirven para algunas cosas. ¡Excelente idea!… ¿Y cómo fue?

—Raro. Creo que estaba coqueteando conmigo.

—¿Crees? ¿Qué te dijo?

Lilith repitió la conversación con Lance con tanto detalle como le permitió su memoria.

—¿Qué te parece? —le preguntó a su amiga que tenía mucha más experiencia en asuntos del corazón.

—Sí, tienes razón. Estaba coqueteando, definitivamente. Pero le cortaste en seco.

—¡Por supuesto! ¡Y no te lo he contado todo! ¡Intentó besarme!

La voz de Rowena se volvió más aguda y chillona, señalando peligro inminente.

—¿Me estás diciendo que no le dejaste que te besara? ¿Y por qué diablos no?

—Él es solo…

—¡Un chico! ¡Qué barbaridad Lilith! ¿Y qué hay de malo con ser joven? ¿Quién sabe qué podría haber pasado?

—¡Precisamente! ¿Qué te parece a ti? —le respondió Lilith, con indignación.

—¡Y estábamos tan preocupadas porque podrían acusarte de corromperle y parece que era él el que estaba intentando llevarte al huerto!

Lilith se sentó. Conocía a Rowena y sabía muy bien cuando le estaba echando ironía al asunto.

—¿Y qué esperabas que hiciera?

—Pues no sé, quizás relajarte un poco y dejarte ir. No estás en una relación. ¿Qué mal habría en tener una aventurita? Sí, ya sé que es mucho más joven, pero es mayor de edad. Si le gustas…no hay nada malo en divertirse un poco.

—¿Divertirse?

—Sí. Diversión pura e inocente…Vale, quizás inocente no, pero diversión sana. Mientras no le hagáis daño a nadie y todos sepáis de qué va la cosa…

Lilith consiguió desviar la conversación y se puso a hablar de los hijos de Rowena, Tony y Ellie, pero no pudo evitar seguir pensando en la conversación mientras daba vueltas en la cama. ¿Diversión? ¿Podría ser puramente diversión? Ella no lo creía.

No, Lilith no era precisamente una mujer superficial y ligera. Debbie le había dicho que no tenía que tomarse las cosas tan en serio muchas veces, pero no le era nada natural. Tenía muy claro que ciertas cosas eran serias.

Su fin de semana fue similar a muchos otros: fue al gimnasio, hizo tareas de la casa, fue al cine, a comprar...ignoró las redes sociales pero siguió pensando en los acontecimientos de la semana, en particular el comportamiento de Lance y la conversación con Rowena. Diversión...Aunque no estaba de acuerdo con la idea de que los seres humanos solo venían al mundo para sufrir, tampoco estaba convencida de que divertirse pura y simplemente debiera ser la primera y más importante motivación y razón para vivir.

El lunes, de vuelta al trabajo, siguieron escogiendo libros digitales para aumentar la colección, después de hablar con la Biblioteca Central y repasar el catálogo. Todo funcionó sin problemas. A la hora de comer Debbie se paró delante de su mesa.

—¿Qué haces?

—No estoy convencida para nada de poner mi foto en mi perfil en Frienties. Estoy de acuerdo a ponerla en la página de la biblioteca pero no en mi página personal. Debo cambiarla.

—¿Y qué quieres hacer, poner la foto de otro?

—Por supuesto que no. Sería usar una identidad falsa. No sé...un dibujo, o una flor, o la foto de un objeto.

—Una flor no, es muy aburrido—Debbie miró a su alrededor, buscando algo apropiado. Después de coger varias cosas y volverlas a dejar negando con la cabeza, al final cogió una figurita de un gato muy estilizado. Se la había regalado a Lilith después de una de sus conversaciones habituales sobre relaciones hacía un par de meses. Lilith le había contestado, como siempre, que no necesitaba un hombre para ser feliz.

—OK, quizás tendrías que tener un animal de compañía. ¿Qué te parece un gato? Muy independientes y no son nada difíciles ni pesados de cuidar.

—Si tuviera que escoger preferiría un perro. Al menos son leales.

—¡Una idea excelente! Y he oído que paseando al perro se conoce a mucha gente y muchos romances han comenzado así.

—Olvidémonos de los perros entonces.

—Te conseguiré un gato.

A Lilith le había asustado el comentario pero Debbie se había presentado al día siguiente con la figurita. Debbie se la enseñó a Lilith.

—¿Y esto? Es bonita pero no eres tú. Y puede que atraiga a la gente a la que le gustan los animales, al menos a los que les gustan los gatos…

Lilith miró al gato y asintió. Funcionaría. Debbie le sacó una foto con su teléfono y se la envió al correo electrónico de Lilith.

—Si tuvieras un teléfono más moderno podrías tener un App para Friendties y podrías haberlo cambiado directamente.

—Cada cosa a su tiempo.

Le costó un par de intentos pero al final la nueva foto reemplazó a la anterior y Lilith se sintió algo aliviada y menos preocupada por su privacidad.

En las siguientes semanas se hizo miembro de una serie de grupos de lectores y se volvió activa en Greatbooks, haciendo amigos y publicando reseñas de libros que se había leído. La invitaron a algunos grupos de lectores y decidió que era una buena página para visitar a menudo. Puffin le pareció un reto más duro. Intentó seguir los consejos de Lance sobre cómo buscar información relevante y re-enviar mensajes interesantes, pero siempre le parecía que había demasiada información y no daba abasto. Gente que la conocía la invitaron a ser amigos en Friendties y también se hizo amiga de algunos museos, bibliotecas, páginas de escritores a los que conocía, clubs de lectura…Se dio cuenta de que el tiempo podía pasar volando cuando visitaba estas páginas pero se impuso límites de tiempo e intentó seguir su programa sin desviarse mucho.

Capítulo 7.

Entra "el autor" (¿Héroe?)

El sistema de préstamo de libros electrónicos llevaba un mes en marcha y todo iba muy bien. A los lectores parecía que les gustaba y habían empezado a publicar reseñas en la página de la biblioteca. La hoja informativa había tenido muy buena recepción, diluviaban las sugerencias de nuevos libros y actividades, la página de Friendties de la biblioteca tenía muchos votos y los lectores publicaban citas diarias, noticias relevantes… Lilith, después de mucha insistencia, se compró un teléfono androide y ahora estaba conectada a Friendties y Puffin también con el teléfono.

Una tarde se había conectado a Friendties en casa para comprobar qué andaba haciendo Rowena. No parecía estar conectada. Vio que alguien que se llamaba 'Zane Roberts Autor' le había enviado solicitud de amistad. Al principio se había resistido a aceptar invitaciones de personas a las que no conocía directamente, pero ahora que era miembro de varios grupos se había dado cuenta de que otros miembros de los grupos le solían enviar solicitudes de amistad. Parecía que tenía un amigo en común con el tal autor aunque no sabía quién. Le echó un vistazo a su página. Interesante…Había una foto de un hombre atractivo, probablemente cuarenta y pocos, pelo oscuro, ojos grandes, sonrisa amistosa…Había varias fotos de portadas de libros. Un par parecían ser thrillers, uno un libro juvenil, otro de terror…También había un tráiler de uno de los thrillers. Y unos cuantos poemas. Había un enlace a otra página con unos cuadros abstractos tan bellos como evocadores. Lilith no supo encontrar una razón para decir que no. Aceptó la invitación. Dejó el ordenador en marcha mientras se fue a preparar algo para cenar. Cuando volvió había recibido un mensaje de Zane pidiéndole que visitara un enlace a una muestra de su nuevo libro que sería publicado dentro de un par de semanas.

Lilith hizo clic en el enlace. A veces se preocupaba cuando no sabía el origen de los enlaces pero en este caso se tranquilizó a si misma ya que decidió que no se arriesgaría a enviarle algo peligroso o inadecuado usando su propio nombre y jugándose su reputación. Tenía razón. El enlace la llevó a su página de web y a un post reciente dirigido a sus 'Queridos lectores'.

'Sé que estáis acostumbrados a leer mi ficción y os agradezco los amables comentarios y las reseñas que habéis publicado sobre mi obra hasta ahora. Tengo que reconocer que me siento muy inseguro y expuesto al escribir sobre mis experiencias al dejar el mundo de las altas finanzas e irme a descubrirme a mí mismo en la India. Ya sé que algunos de vosotros pensaréis que no es la idea más original del mundo y que muchos lo han hecho antes que yo. Estoy de acuerdo. A pesar de todo, cambió mi vida y quería compartirlo con vosotros. Sed sinceros y honestos con vuestros comentarios, pero recordad que soy frágil y me puedo romper.'

Después de ese preámbulo seguía la que a Lilith le pareció una de las descripciones más bellas que había leído jamás del

Taj-Mahal al amanecer. La hizo estremecerse. No se pudo contener e inmediatamente respondió a Zane Roberts.

—Es una de las descripciones más bellas que he leído jamás. Gracias por compartirlo conmigo. No puedo esperar a leer el resto del libro.

Él contestó en unos segundos.

—Gracias por tus amables palabras. He visto que eres bibliotecaria y te encantan los libros y por eso tu comentario es mucho más valioso para mí…Puedo enviarte una copia del borrador del libro si quieres. Estoy haciendo la revisión final pero no creo que vaya a haber muchos cambios. Solo es cuestión de comprobar la calidad una vez más. Pero estoy seguro de que tienes mejores cosas que hacer y que leer… Perdona por la sugerencia. Es una tontería.

Lilith no podía acostumbrarse a la idea de que a través de las redes sociales podías hablar con escritores en lugar de solo leer sus libros. Estaba totalmente fascinada y le envió otro mensaje.

—Por favor, será todo un placer. Será mi prioridad número uno.

—Eres muy amable. Estaré esperando tus comentarios (con algo de ansiedad y anticipación)—le contestó él y adjuntó un archivo en PDF. El título era 'India, un viaje personal'. Ni fu ni fa, pero…

El título no daba ninguna pista sobre lo increíble que era el contenido. Lilith empezó a leerlo tan pronto como consiguió descargarlo y guardarlo. Zane (en su mente ya se había convertido en Zane) empezaba el libro con un capítulo titulado 'Antes' sobre su vida antes del viaje a la India. Era licenciado en Empresariales y había trabajado como Director de Finanzas de una enorme compañía internacional de seguros. Describía como acabó aburrido y harto de su trabajo. 'Mi trabajo se convirtió en un parásito que chupaba mi sangre creativa y me dejaba completamente seco. Me estaba convirtiendo en lo que más despreciaba, una tuerca redundante en la máquina.' Lilith asintió. Sí, sabía exactamente de lo que estaba hablando. Al parecer siempre había escrito pero solo para entretenerse y nunca había intentado publicar. Alguien en el trabajo se dio cuenta de su desasosiego y le sugirió que probara a hacer yoga. Aunque al principio era muy escéptico, acabó sintiendo curiosidad y empezó a leer sobre Meditación, Filosofía Oriental y religiones de la zona. Él no era religioso pero sintió afinidad por muchas de las ideas sobre las que leyó y después de pensárselo mucho decidió ir a la India en un año sabático. La descripción de sus aventuras, la gente a la que conoció, los sitios que visitó, el estilo de vida que encontró no eran nada comparados con su descripción de cómo descubrió su nuevo yo. 'No, no quiero llamarlo descubrimiento porque eso querría decir que de repente le encontré un nuevo significado a mi vida. No, no fue eso. De lo que me di cuenta fue que lo que había experimentado hasta entonces no era vida en absoluto. Lo que me sucedió fue que me desperté. Hasta entonces había sido un zombi, un muerto viviente, pero ahora estaba por fin vivo.'

Lilith se quedó tan enganchada a la lectura que ni siquiera se acordó de mirar el reloj. Cuando al final miró la hora pasaban de las 2 de la mañana. Tuvo que auto-obligarse a dejar de leer e irse a la cama, pero eso no solucionó el problema. Le costó quedarse dormida y cuando sonó el despertador a las 6:35 de la mañana se sintió como si no hubiese dormido nada. Se envió una copia del PDF al correo del trabajo, con la idea de que se quedaría en el trabajo a la hora de comer y eso le daría tiempo para seguir leyendo.

Se encontró con Debbie en la cocina a media mañana.

—Pareces cansada.

—Estuve leyendo hasta tarde. Muy tarde.

—¿Qué estabas leyendo?

—Recibí una invitación para hacerme amiga de alguien en Friendties ayer. Un autor que se llama Zane Roberts. Le eché un vistazo a su página, parecía legal así que accedí y me envió un enlace a su página de web. Había publicado una muestra de su nuevo libro que será publicado dentro de un par de semanas. Es increíble…Deja que te enseñe.

Debbie siguió a Lilith a su ordenador. Una vez allí Lilith cogió otra silla para Debbie y rápidamente localizó la página del autor. Entonces señaló la muestra que había leído la noche anterior. Parecía increíble que hiciera solo unas horas. Debbie se acercó más a la pantalla y empezó a leer. Lentamente su gesto se transformó en uno de intensa concentración y al final estaba sonriendo de oreja a oreja.

—Es bellísimo. ¡Qué escritor! ¿Y te descubrió él a ti?

—Sí. No sé exactamente cómo, pero ahí está eso. Le dije que me había gustado mucho y ofreció enviarme el libro entero. Me envió el PDF y me puse a leerlo. Cuando me di cuenta de cuánto tiempo llevaba leyendo eran más de las 2 de la mañana.

—¿Las 2 de la mañana? ¡Dios mío!…Déjame que mire la página…Además es bastante guapo, ¿no te parece?

—No me había fijado—contestó Lilith. Sabía que se había sonrojado. Sí, se había dado cuenta. Y sí, era atractivo.

—Y también tiene mucho talento como pintor… ¿Me puedes enviar el PDF o quieres preguntarle a él si está de acuerdo?

—Estoy segura de que no le importará. Nunca me dijo que no lo compartiera…aunque evidentemente no voy a ir enviándoselo a todo el mundo tampoco.

Lilith terminó de leer el libro esa noche. Se sintió algo rara leyéndolo en el ordenador, porque lo que hubiera hecho si hubiera sido un libro de papel al acabarlo de leer hubiera sido estrujarlo contra el pecho con todas sus fuerzas. Se había enamorado completamente del libro. Le envió un mensaje rápido a Zane diciéndole lo mucho que le había gustado el libro e insistiéndole en que no se demorara en publicar el libro porque el mundo necesitaba libros tan bellos como aquel para inspirarse.

En los días que siguieron intercambió mensajes con Zane muy a menudo. Él le preguntaba detalles de sus párrafos favoritos, si había algo que no le gustase, sobre la portada, la descripción…Ella empezó a esperar con anticipación los mensajes de este hombre al que jamás había conocido pero que de alguna manera se había convertido en parte de su vida.

Cuando publicaron el libro ella compartió la noticia con lectores en los grupos a los que pertenecía, publicó una reseña en Greatbooks y compró una copia digital que descargó en su nuevo lector electrónico. Aunque se había resistido a abandonar los libros de papel, ahora adoraba su lector/tablet y no podía parar de descargar todo tipo de libros, desde las últimas novedades a los clásicos de toda la vida. ¡Y tantos libros gratis! También insistió en que debían comprarlo y añadirlo al catálogo de libros digitales disponibles para préstamo en la biblioteca.

Lilith también se había leído los otros libros de Zane, y aunque no eran tan personales también le habían gustado mucho.

La próxima vez que Rowena la contactó usando Eye, lo primero que le preguntó fue:

—¿Qué pasa con el tío ese, Zane Roberts? No te cansas de hablar de él. No paras de publicar cosas sobre él en todas partes. Sobre su nuevo libro, sus otros libros, sus cuadros… ¿Eres su agente o qué?

—No digas tonterías Rowena. Claro que no soy su agente. Es un autor que se auto-publica y un pintor con mucho talento. No tiene agente. Simplemente me gusta su obra. Y es bueno compartir las cosas que nos gustan. Creí que para eso estaban las redes sociales.

Rowena la miró fijamente, con tal intensidad que Lilith se planteó levantarse del asiento para evitar su mirada, pero se dio cuenta de que era una niñería y probablemente complicaría las cosas aún más.

—¿Le has conocido?—le preguntó Rowena.

—Por supuesto que no. Solo le conozco a través de Friendties. Vive en Escocia. Hemos intercambiado mensajes pero…

—He visto su página de web. Es muy atractivo. ¿No te gustaría conocerle?

—¿Cómo voy a saber eso? Nunca he hablado con él… solo mensajes—se estaba ruborizando incluso más que antes. ¡Qué horror!

—Siempre podrías usar Eye.

Eso asustó muchísimo a Lilith. Él no tenía ni idea de qué aspecto tenía ella. Se la podía imaginar como quisiera. Si la viese…Se dio cuenta de que le importaba lo que pudiera pensar. Y eso la preocupó aún más. Rowena, en un gesto de amabilidad cambió de tema y empezó a hablar de una fiesta que estaba organizando. Lilith respiró un (silencioso) suspiro de alivio.

Capítulo 8.

Coqueteando. Parte 2

Las palabras de Rowena siguieron dando vueltas en su cabeza varios días. Al final Lilith decidió relajarse y olvidarse de ello. No pasaría jamás. Era verdad que hablaba con Zane (o para ser más precisos se intercambiaban mensajes) varias veces por semana, pero de ahí a pasar a otras formas de comunicarse había un abismo. Y a ella nunca se le habían dado bien los saltos de larga distancia.

El viernes por la noche, después de una horrorosa visita al teatro (se le escapó el último autobús y tuvo que andar bajo el diluvio, los zapatos empapados de agua, los pies arrugados de la humedad, sin paraguas) sintiéndose desgraciada y mojada, llegó a casa, encendió el ordenador (como se había acostumbrado a hacer automáticamente cada noche), calentó una sopa y se duchó rápidamente. Habló un poco con Rowena, contestó algunos correos y entonces se dio cuenta de que Zane le había enviado un mensaje y aparentemente estaba conectado.

—Hola misteriosa Lilith. Estuve buscando y encontré una foto tuya. Tenía mucha curiosidad. Eres muy bonita.

¿Misteriosa? Probablemente se refería a que tenía la foto de un gato en lugar de una suya en su perfil. Decidió que el resto del mensaje era solo un intento de ser amable y contestó:

—Créeme, no me siento nada bonita ahora mismo. Se me escapó el autobús a casa y tuve que andar kilómetros bajo la lluvia. Me siento como una esponja remojada y tan atractiva como una de ellas.

—Si estuvieras aquí te prepararía un fabuloso baño caliente. Tengo una chimenea con leña y fuego de verdad y podrías relajarte y yo te cuidaría.

Su móvil se puso a sonar. Era Debbie. Lilith se dio cuenta de que su amiga la había llamado varias veces y como tenía el teléfono silenciado no se había dado cuenta y Debbie debía estar preocupada. Habían quedado en llamarse para organizar una salida al cine el día siguiente pero se había hecho mucho más tarde de lo normal y se había olvidado de llamarla al llegar a casa. Contestó el teléfono mientras enviaba una respuesta rápida a Zane:

—Me tengo que ir. Ya hablaremos.

Desconectó el ordenador y tranquilizó a Debbie explicando que a pesar de sus aventuras esa noche estaba bien. Después de quedar en que Debbie pasaría por su casa por la mañana (era lo más fácil ya que sino Lilith siempre tenía que quedarse esperando hasta que Debbie organizaba a Tom, Frank y se arreglaba ella) se fue a dormir sin pensar más en la conversación con Zane.

Estuvo ocupada todo el sábado con Debbie. Pasaron un día de mujeres solas, fueron al cine, de compras, comieron un snack, y se lo pasaron en grande. Lilith no se molestó en conectarse al Internet.

El domingo se levantó, fue al supermercado, limpió la casa, se ocupó de poner las cuentas y papeles al día y entonces se le ocurrió comprobar qué andaba haciendo Rowena. Su amiga no estaba conectada pero vio que Zane le había enviado varios mensajes el día anterior.

—¡Lilith! ¿Estás ahí?

Evidentemente no se había conectado y no le parecía que tuviera demasiado sentido responder ahora. Mientras estaba echándole un vistazo a algunos de los grupos de lectura a los que pertenecía recibió un mensaje de Zane.

—Lilith, ¿cómo estás?

—Bien. ¿Y tú?

—Te eché de menos ayer. Te fuiste tan de repente el viernes.

—Mi amiga me había enviado varios mensajes pero no me había dado cuenta. No quería que se preocupase. Habíamos quedado en que nos llamaríamos para decidir qué íbamos a hacer ayer.

—¿Amiga?

—Debbie. Trabajo con ella en la biblioteca. Bueno, técnicamente es mi jefa, pero somos buenas amigas.

—Ya recuerdo. Me dijiste que le gustó mi libro y accedió a comprarlo para la biblioteca.

—¿Le gustó? No seas modesto ¡le encantó!

—Fantástico…He visto tu foto en la página de la biblioteca. ¿Por qué no tienes tu foto aquí. Eres muy bonita.

Lilith se preguntó por qué empezaba otra vez con lo mismo. Había decidido que la otra noche solo había intentado ser amable porque ella se sentía fatal después del remojón. Pero ¿de qué iba esto ahora?

—No soy bonita—tecleó y envió.

—Déjame que eso lo decida yo. Yo te encuentro muy atractiva.

—No hace falta que coquetees—a Lilith nunca se le

habían dado bien esas cosas. Rowena le hubiera dicho que debería animarle pero…

—Todo el mundo necesita coquetear. Le da un poquito de interés a la vida. De verdad te encuentro muy atractiva. Bella, inteligente, bien educada, lista…Tienes una mente inquisitiva. Y eso lo encuentro muy atractivo.

—Sí. Y tengo muy buen gusto para los libros y los escritores.

Lilith se dio cuenta de que estaba sonriendo. De acuerdo, si eso era lo que quería, no podía ser tan difícil. Lo intentaría.

—Eso también es verdad—él añadió un emoticón sonriente—. ¿Qué significa el gato?

—A mí no me gusta que me hagan fotos. No me importa tanto si estoy con otra gente, pero tener que sonreír solo para la cámara…Nunca tengo la expresión correcta. Sonrisa falsa. Y no quería…Quiero mantener algo de privacidad.

—Si existe una foto tuya en algún sitio aparecerá incluso si no está en esta página. De todos modos tú has visto mi foto en mi página de web. Me parece una ventaja injusta.

Lilith no pudo evitar la risa y le devolvió la cara sonriente. Le costó un poco aprender pero alguien había publicado la combinación de teclas necesarias para crear los diferentes emoticones.

—Sí, tienes razón—concedió.

—Y entonces, ¿qué piensas?—preguntó él.

—¿Qué pienso? ¿Sobre qué?

—¡Sobre mí!

—Me encanta como escribes y…

—No sobre mi escritura. Sobre mí. Has visto mi foto. ¿Qué te parezco?

Buena pregunta. ¿Qué pensaba? Bueno…Sí, era atractivo. Tenía fotos en blanco y negro por todas partes. En su página de web, en la página de la librería digital, Friendties, Greatbooks...Pero sentía curiosidad...

—¿De qué color son tus ojos?

—Azul oscuro. ¿Y los tuyos?

—Marrones...Con chispas verdes—nunca estaba segura de si la gente notaría el verde, pero estaba ahí y se lo habían comentado un par de veces.

—¿Haces ejercicio regularmente?—le preguntó él.

—5 o 6 veces por semana. ¿Y tú?

Zane tecleó:

—Yo también. Casi todos los días...pesas, corro...Tengo un torso y unos brazos musculosos y fuertes.

—A mí me han dicho que mis piernas no están mal—no podía creer lo que estaba diciendo, o tecleando. ¿Qué narices...?

—Mmmmm....Muy bien... ¿Eres...? No debería preguntarte eso. Podrías ofenderte.

OK... ¿A dónde quería ir con todo esto?

—Pregunta. Si me ofendes te lo diré y no te responderé. No lo sabré hasta que no me hayas hecho la pregunta.

—De acuerdo... ¿Las tienes grandes?

¿Cómo se atrevía? En lugar de demostrar lo horrorizada que estaba, tecleó:

—De hecho no. Talla B si es eso lo que preguntas.

¿Por qué le había contestado? Lo raro del caso era que la conversación le parecía divertida y sí...un pelín excitante. Y subida de tono.

—Mejor. Ni minúsculas ni enormes. No me gustan demasiado las mujeres con muchas curvas. Yo la tengo bastante grande.

¡Dios mío! ¿A dónde iba a ir a parar todo esto?

—¿De verdad?

—Te puedo enviar una foto.

¿Qué? ¡No! ¿Y ahora qué?

Lilith no sabía qué decir.

—....

—? —insistió él.

Decidió ser sincera.

—No sé qué decirte. Esta es la primera vez que me pasa algo así.

—Perdona…No te preocupes. He sido demasiado atrevido.

Era cierto, pero…

—Es solo que…No sé…

—Está bien. No te preocupes. Es que te encuentro taaaaan atractiva.

—Gracias. Yo también te encuentro muy atractivo. Solo que…

—Está bien. De verdad…Dime, ¿qué planes tienes para el resto del día?

La conversación/intercambio de mensajes se dirigió hacia temas menos 'peligrosos'. Lilith suspiró aliviada.

Fue a dar un paseo y más tarde habló con Rowena usando Eye. Se planteó contarle lo que había pasado con Zane pero se sintió algo rara. Estaba convencida de que su amiga no la criticaría, era muy liberal pero aún y así…Sospechaba que podía pegarle bronca por ser una mojigata.

Capítulo 9.

¿Puedes vivir sin ello? Parte 1

A pesar de sus reservas, Lilith tenía que reconocer que disfrutaba de las 'conversaciones' con Zane.

—Estoy seguro de que tu voz también es muy sexi. Llámame... —le rogó.

—No sé.

—Déjame un mensaje si te da vergüenza hablar conmigo directamente. Quiero oír tu voz...Porfa...

Y ella lo hizo. Eso quería decir que ahora él tenía su número de teléfono y le enviaba mensajes de vez en cuando, incluso cuando no estaba conectada o en Frienties. Mensajes amistosos. A veces un poquito atrevidos.

Lilith intentó mantener las cosas bajo control pero tenía que admitir que se estaba poniendo difícil. Siempre había dicho que no era romántica y no le gustaban las novelas románticas pero el caso era que...Zane lo tenía todo. Era atractivo, inteligente, inspirador, creativo, con talento y muy guapo. Y por si fuera poco además le gustaba ella. Nunca había recibido ese tipo de atención y cumplidos antes. Sí, era el escenario perfecto para una novela romántica, pero con ella de protagonista. Una novela romántica 'caliente', pero eso era la moda del día.

Odiaba tener que admitirlo, aunque fuera a sí misma, pero pensaba a menudo en él. Ni siquiera le conocía. No tenía ninguna lógica…No era una jovencita. Debería tener mejor control sobre sus emociones.

Una vez al mes, normalmente un jueves, Debbie y ella se quedaban hasta tarde para hacer inventario de libros, compras, nuevos pedidos y mantenerse al corriente de todo. Normalmente hacían un pedido de comida a uno de los restaurantes cercanos y seguían trabajando hasta acabar todo, fuera la hora que fuera. Esa noche en particular Lilith estaba perdida en sus pensamientos en lugar de comerse el curry. Debbie, que llevaba mirándola fijamente un buen rato le preguntó:

—¿En qué piensas? Estás muy distraída últimamente.

Lilith sintió como el calor le subía por las mejillas. ¡Se estaba ruborizando! ¡Eso la iba a ayudar mucho con las preguntas de Debbie!

—Soñando despierta, supongo. Quizás es verdad que me he obsesionado un poco con todas esas tonterías de las redes de comunicación sociales y me han afectado el cerebro, haciéndolo aún menos efectivo.

Debbie la miró frunciendo el ceño, como si estuviera intentando extraer la verdad de sus palabras. No pareció que hubiera funcionado bien la técnica ya que finalmente abandonó, bajó los ojos y arrancó un poco de pan Nan. Lilith pensó que lo mejor sería intentar usar alguna técnica de distracción antes de que su amiga decidiera seguir con esa línea de interrogación.

—Dime algo, Debbie. Sé que estás felizmente casada, y sé que Tom es un tipo fantástico. Pero… ¿es el hombre de tus sueños? ¿Sabes qué quiero decir? Si dejas volar a tu imaginación, ¿qué tipo de hombre aparece en tus fantasías?

Debbie suspiró y dejó que su mirada vagara sin concentrarse en nada, con expresión soñadora. Finalmente volvió a mirar a Lilith.

—Sería…un hombre. Quiero decir…vale, sé que miro las portadas de esos libros con chicos jóvenes que están para comérselos, pero…preferiría un hombre maduro…Quizás alguna cana, más alto que yo, aunque no necesariamente un gigante tampoco, fuerte pero no hace falta que sea un musculitos, bonitos ojos grandes, manos delicadas, facciones bien dibujadas pero expresión amable…Atractivo más que guapito.

—¿Y la personalidad?

—Fuerte y decidido pero sin ser dominante, que se le dé bien escuchar, creativo, tranquilo bajo presión, valiente, independiente pero contento compartiendo, con un gran sentido del humor…

—Sí.

—Y romántico, por supuesto. ¿Por qué preguntas?

—Curiosidad… ¿Y qué harías si tu hombre ideal apareciera de repente? Bueno, no solo apareciera, sino que te fuera detrás y pareciera que quisiera que la cosa fuera a más contigo.

—¡Ésa si que es una buena pregunta! Estoy casada y tengo un hijo. No me podría fugar con el primer tío que se presentase así como así, aunque tengo que reconocer que sería tentador.

—¿Y si no estuvieras casada o tuvieras el niño?

—¡Ah, bueno, entonces me tiraría de cabeza!

Lilith no sabía bien qué era lo que se había esperado cuando empezó a preguntar pero desde luego no era esa respuesta. Para nada.

Cuando se comunicaba con Zane a través del medio que fuera, Lilith intentaba evitar tópicos de conversación peligrosos.

No quería acabar coqueteando si lo podía evitar, al menos hasta que hubiera decidido 'oficialmente' cuál era su opinión sobre el asunto. Pero no era siempre fácil mantenerlo todo bajo control, especialmente porque algunos días parecía que todos los temas llevaban al mismo sitio.

Lilith había hecho un comentario sobre un artículo que había visto sobre islas en venta. Eso les llevó a hablar de vacaciones y sitios donde habían estado.

—Nunca he estado en la Maldivas o Fiji aunque parecen unos lugares preciosos. Y estoy segura de que hay hoteles maravillosos.

—Sí. Con unas camas enormes—dijo Zane—. Y bañeras lo suficientemente grandes como para compartir.

Lilith borró el tema 'vacaciones' de la lista de tópicos sin peligro. Cada vez quedaban menos aparte de libros (y eso no era siempre seguro), escribir, la biblioteca, sus amigos...

Por supuesto ella podría tomar una línea recta y dura y evitar cualquier referencia al coqueteo, romance o sexo. Pero no estaba segura de que fuera eso lo que quería. Y a pesar de algunas reservas sobre la dirección en que su 'relación' se podía desarrollar, disfrutaba sus conversaciones. Parecían tener mucho en común, apreciaban las cualidades y talentos del otro, respetaban mutuamente sus opiniones, no les importaba dar y recibir consejos del otro, y parecían complementarse bien. Aún más importante, se reían de las mismas cosas. Lilith no había conocido a nadie con quien se sintiera tan cómoda (a pesar de los momentos embarazosos) hacía años. Y jamás había conocido a un hombre que la aceptara totalmente y la valorara por sí misma como hacía Zane. Sabía que si terminara su relación por un sentido de falsa moralidad o por seguir las convenciones sociales, le echaría mucho de menos.

—He estado pensando—escribió él una tarde en Friendties.
—Tú siempre estás pensando… ¿En qué?
—Como de raro es esto. Quiero decir tú y yo. Nos conocemos hace… ¿unos tres meses?
—…Sí.
—Y me siento tan cómodo contigo. Parece como si te conociera de siempre. Siento…Cuando estamos juntos me siento como si finalmente hubiera llegado a casa. A mi hogar.

Ella no supo qué contestar aunque se dio cuenta de que asentía con la cabeza cuando lo iba leyendo.

—Juntos…una palabra rara en estas circunstancias. Pero lo siento…que estamos juntos, quiero decir.
—Yo también.

A pesar de todo lo que se decía a si misma cuando estaba sola y sin hablar con él, fue relajando sus defensas más y más. Hasta el punto en que una noche las cosas se pusieron al rojo vivo.

Era bastante tarde un jueves por la noche. Lilith había estado visitando los enlaces en varios grupos de lectura y de Greatbooks, había estado mirando algunos videos y estaba pesando que ya era hora de ir a la cama. Justo entonces recibió un mensaje de Zane en Friendties.

—Hola Lilith. Estás conectada muy tarde hoy.
—Sí, eso justamente estaba pensando. Me distraje visitando enlaces y se me ha hecho tarde. ¿Cómo estás?
—Aquí es aún temprano. Estoy todavía en la cama. Me desperté pensando en ti. Y muy excitado.
—¿Por qué excitado?
—Sexualmente excitado.

Ya, ¿qué responde una a eso?

—¿Puedo hacer algo?

¿Qué? Lilith no podía creerse lo que acababa de teclear. ¿Estaba loca? ¿Qué iba a pensar él ahora? Evidentemente que ella también estaba interesada en lo mismo.

—Me encantaría verte…Si solamente pudiera verte…

—¿Desnuda?

¡Dios mío! Se había vuelto completamente majara. ¿Qué locuras salían de su boca? ¿Bueno, de sus dedos? ¿Estaba demasiado cansada para pensar o era que su subconsciente había obtenido línea directa a la punta de sus dedos?

—Solo si tú quieres. Pero solo verte y ver cómo me miras…. Eso sería tan excitante y erótico. ¿Por qué no probamos con Eye? Anda, vamos…No pasa nada si no quieres. De verdad. Pero…

Oh, ¡qué demonios! En lo más profundo de su ser tenía la duda de que una vez la viera desconectaría la cámara y no volvería a intentar ligar con ella, o incluso hablar con ella nunca más. Sí, disfrutaba el coqueteo hasta cierto punto. Bueno, bastante. Sí, también había fantaseado con la idea de que él se enamoraría de ella inmediatamente cuando la viese y ella acabaría siendo la señora Roberts. Eso si es que no existía una señora Roberts ya. A Lilith de repente le entró el pánico. ¿Estaría casado o viviendo con alguien? El tema nunca había salido a relucir hasta entonces, y no había leído nada sobre una posible pareja. ¿Por qué no había pensado en ello antes? Lo más probable era que no se lo hubiera permitido a sí misma. Ahora era demasiado tarde para empezar con ese tipo de preguntas.

—Voy a conectarme a Eye—escribió ella—. No lo he usado mucho.

—Está bien. Es muy sencillo.

No lo dudaba, pero las cosas no salieron como estaban planeadas, aunque no es que Lilith tuviera un gran plan. Al principio se conectaron sin problemas y todo parecía ir bien. Él tenía los ojos más azules y penetrantes que ella había visto nunca, barba de unos días y una mandíbula firme. Sí, era tan atractivo como en las fotos, pero en color. El parecía estar excitado y con muchas ganas. Y no desconectó el ordenador o le dejó de hablar cuando la vio. Le pidió que encendiera la luz (ella solo tenía una pequeña lámpara de oficina encendida en la cocina donde normalmente se conectaba con el portátil), y le pidió que se levantara. Ella intentó encontrar un sitio desde donde la pudiera ver de cuerpo entero, y anduvo arriba y abajo por el pasillo, acercándose y alejándose del ordenador.

—¿Puedo verte las piernas?

Ella llevaba puesto el pijama pero sin titubear se fue a la habitación y se puso una falda. La más corta que pudo encontrar, aunque ella no llevaba faldas muy cortas normalmente. La que escogió era bastante vieja y sólo se la había puesto para ir a la boda de una amiga hacía años. Parecía quedarle mejor ahora que cuando la compró. Ventajas de mantenerse en forma, pensó ella.

—Unas piernas muy bonitas. ¿Puedes subirte la falda un poco?

Ella volvió a obedecer y se dio la vuelta cuando él se lo pidió.

—¡Eres tan sexi! Se me está poniendo tan dura… ¿Quieres verla?

Ella dio un paso atrás, alejándose del ordenador a la vez que él parecía decidido a empujar la pelvis hacia adelante. Justo en ese momento la cámara se desconectó.

—¿Qué pasó? —preguntó él.

Lilith miró a la pantalla sin entender nada. Había una línea roja cruzando la cámara en su pantalla. La cámara estaba apagada. Ella no había tocado nada. ¿Cómo era posible?

—No tengo ni idea. La cámara está desconectada. Yo no he tocado nada.

—Intenta conectarla otra vez.

Ella lo intentó, y pareció funcionar una décima de segundo pero se volvió a desconectar. Intentó cambiar las especificaciones, cerró el app y lo volvió a abrir, pero nada.

—Lo tengo también instalado en la tablet. Quizás funcionará allí—sugirió Lilith.

—Buena idea. Pruébalo.

No hubo suerte.

—Puedes usar la cámara para hablar en Friendties—sugirió él.

—¿De verdad? Nunca la he visto.

—Prueba...Ve ahí, arriba en la pantalla, donde está la tuerca esa, hay una opción para usar cámara para chatear.

—En mi pantalla no—contestó Lilith, que empezaba a sentirse como una idiota.

—¿Estás segura?

—Sí, estoy segura—y en su mente dijo: 'Puedo ser idiota pero no estoy ciega.'

—Estoy tan excitado y ni siquiera llegaste a ver...

—Lo puedo imaginar...

—Si estuvieras aquí conmigo te estaría acariciando y... besaría...!AY!—gritó muy fuerte.

—¿Qué pasó?—preguntó Lilith. ¿Era eso una reacción extrema al poder de su calenturienta imaginación?

—La gata me saltó encima y ahora se ha acostado sobre mi pecho...

Aunque no podía verlo, lo ridículo de la escena la hizo echarse a reír con ganas. No lo pudo evitar.

—Perdona...Lo siento—dijo, aún riéndose.

—No, no te disculpes. Ríete. Es divertido. El momento ha pasado. Vámonos a dormir. Es muy tarde para ti y a mí aún me quedan un par de horas antes de tener que levantarme... de la cama.

Lilith se fue a dormir riéndose. También se preguntó si el hecho de que él tuviera un gato fue una de las razones por las que él conectó con ella y con el gato de su avatar al principio. ¡Vaya noche!

No se comunicaron el día siguiente. El sábado por la tarde él le envió un texto preguntándole si estaba en casa.

—Sí. ¿Por qué?

—Me preguntaba si podríamos probar con Eye otra vez. He encerrado al gato fuera de la habitación.

Ella sonrió. Se había estado preguntando qué pasaría después del otro día. A pesar de su sonrisa no estaba del todo segura de querer que las cosas fueran en esa dirección otra vez.

—No sé qué decirte Zane. Esta relación digital que tenemos...No nos conocemos de verdad. Yo no haría algo así en la vida real. No soy una mujer de relaciones casuales. No estoy segura de que deba comportarme de forma distinta solo porque la distancia nos separe.

Pasaron varios minutos sin una respuesta. Lilith ya estaba pensando que se había desconectado y eso sería lo último que sabría de él cuando contestó.

—Ya veo. Sí, entiendo lo que quieres decir.

—No es...que no me gustes. Bueno, de hecho no sé si me gustas o no. Es que para ciertas cosas...tendría que estar en vivo con la persona antes de poder decidir si las quiero hacer o no...Si sabes lo que quiero decir.

Hubo otra pausa y entonces él respondió.

—¿Por qué no? Conozcámonos de verdad. A mí me encantaría.

Lilith respiró profundamente varias veces. ¿Y ahora qué? Se paseó por la cocina intentando decidir qué contestar. Había una cosa que no se había atrevido a preguntarle porque parte de ella estaba asustada de la posible respuesta. E incluso más del hecho de que fuera la que fuera la respuesta ella seguiría adelante de todas formas. ¿Y qué diría eso sobre su moralidad y su sentido de la responsabilidad?

Ella había oído el sonido de varios mensajes. Cuando echó un vistazo todos eran de Zane.

—...
—...
—?
—?

—Aunque la respuesta sea no, por favor, respóndeme —fue su último y desesperado mensaje.

—Perdona. Estaba pensando. Hay algo que necesito saber antes de poder darte una respuesta…Estoy soltera, no estoy con nadie, no tengo hijos…Pero no sé nada de tus circunstancias—. Esta vez la respuesta fue inmediata.

—Yo igual. Estuve en una relación hasta hace 9 meses. Ahora se ha terminado. Estuvimos juntos casi 10 años pero…

—Lo siento…

—No, se acabó. Así que…

Así que…Pensó en todas las posibilidades. Que cuando lo fuera a ver en algún sitio, él no se presentase. Muy probable, pensó ella, aunque confiaba en que la amistad que se había desarrollado entre ellos al menos haría que se mereciera un poco de amabilidad y buenos modos. La segunda opción en su mente, que a ella le parecía la más probable de las tres opciones en su cabeza, era que él fuera, se conocieran, se gustaran como amigos, se llevasen la mar de bien, pero él no la encontrase lo suficientemente atractiva y lo dejaran en amistad. Esa opción no le parecía demasiado mal. La tercera opción era la de novela romántica…Se conocían, se gustaban inmediatamente, era amor a primera vista, se iban a vivir juntos (dónde o cómo no lo había pensado, al fin y al cabo era un novela romántica) y eran felices y comían perdices. Cuando estaba a punto de contestarle se le ocurrió una cuarta opción. Sí, se conocían, se gustaban los dos, tenían una aventura, y lo dejaban en eso. Cada uno volvía a su vida habitual por separado. ¿Sería eso tan terrible?

Antes de que pudiera contestarle, él escribió:

—Si te preocupan los aspectos prácticos, como qué pasaría si no nos gustamos y acabas atrapada en un lugar desconocido tú sola…Siempre podría venir yo a tu casa…O quizás podríamos encontrarnos en un sitio neutral, a media distancia entre los dos…

—Estoy pensando. Perdona, no soy muy rápida tomando decisiones…

—Vale. No hay problema. Es una decisión importante. Tómate todo el tiempo que te haga falta. Aquí estaré.

Capítulo 10.

¿Puedes vivir sin ello? Parte 2

Lilith decidió seguir el consejo de Zane y tomarse el tiempo necesario. No durmió bien aquella noche y el domingo salió a pasear. Y a pensar. Incluso si se esforzaba por no pensar en ello, no podía evitarlo. Las diversas opciones que se había imaginado podrían resultar de su futuro encuentro con Zane le daban vueltas continuamente en la cabeza. Era agotador. Volvió a casa con un dolor de cabeza tremendo. Se tomó un par de Paracetamoles y se tumbó en el sofá. Decidió que intentaría echar una mini-siesta. Justamente cuando se estaba poniendo cómoda oyó el tono de un mensaje. Aunque le preocupó que pudiera ser de Zane, decidió que debía ser valiente y comprobarlo. No, no era Zane. Era Rowena.

Rowena le estaba pidiendo que se conectaran a través de video-chat. A Lilith no le apetecía mucho, especialmente después de su reciente experiencia, y ni siquiera estaba segura de que fuera a funcionar, pero dijo que sí. Sorprendentemente, funcionó, y al cabo de unos segundos estaba sentada delante del ordenador mirándole a la cara a su amiga.

—Pareces muy cansada—dijo Rowena—. ¿Qué has estado haciendo?

—Pensando…

—¿En qué?

Lilith no le había dado a Rowena demasiados detalles sobre su 'relación' con Zane. Sí, habían hablado sobre él, y se imaginaba que Rowena sabía que se habían hecho bastante 'amigos', pero ella no le había comentado nada sobre la dirección tan 'interesante' que había tomado su amistad últimamente. No sabía por qué no. Era cierto que le daba algo de vergüenza hablar de ello, pero además de eso, la verdad era que Lilith no sabía qué contarle, porque no estaba muy segura de cómo definir su relación. ¿Eran amigos con beneficios? ¿Era Zane su novio? ¿Un amante digital? ¿Una aventura? ¿Un amigo erótico imaginario? No tenía ni idea. Lilith siempre había estado obsesionada por usar la terminología correcta y definiciones precisas, pero estaba completamente confundida. ¿Qué demonios era lo que tenía con Zane, si es que era algo? Le desesperaba confesar que no tenía ni idea, pero era la verdad.

—Ah, no sé. Todo tipo de cosas.

—¿No será el tiempo que te pasas interaccionando en las redes sociales, no?

—Sí, en parte.

—Así que… ¿te parece que podrías volver a vivir sin todo ello?

Lilith tuvo que pensárselo. Podría sobrevivir sin ello pero su vida sería completamente distinta a la que se había acostumbrado.

—No sería fácil.

Rowena la miró fijamente con sus penetrantes ojos verdes. Lilith se sintió como si la estuvieran pasando por un scanner que revelara todos sus secretos. Intentó relajarse pero no funcionó.

—Dijiste 'en parte'. ¿Qué quieres decir?

Lilith se rindió. Se lo tenía que contar a alguien. A alguien que le pudiera dar un poco de perspectiva sobre el tema. Un remolino de pensamientos giraba a toda velocidad en su cabeza y la preocupaba no sentirse en control. Quizás hablar de ello la ayudaría. Aunque se callase los detalles más 'escabrosos'.

—Bueno, todo es un poco raro, al menos para mí. ¿Recuerdas a Zane?

—¿El atractivo escritor?...Por supuesto. No se olvida fácilmente a alguien así. ¿Qué pasa con él?

—Bueno...cosas...

Lilith no tenía idea de la expresión de su cara, pero debía contar alguna historia porque Rowena la miró y empezó a sonreír.

—¡No me lo digas! Os habéis conocido y habéis jo...

—No, no, no nos hemos conocido. Aún no—la interrumpió Lilith.

—¿Aún no? Eso suena prometedor. Dame más detalles.

—No estoy segura de que haya mucho que contar. Nos hemos enviado mensajes, y hemos hablado y...

—Y...

—Parece que le gusto...mucho y...Sí, ha dicho que le gustaría conocerme. Pero...

—¿Pero qué? Le gustas, te quiere conocer, ¿qué pero hay? ¿Está casado? Aunque eso no sería necesariamente un gran obstáculo.

—¡Rowena!...—Lilith intentó ponerse seria pero no lo consiguió. Suspiró y siguió hablando—. Me ha dicho que su última relación terminó hace 9 meses. Llevaban juntos 10 años pero se terminó. Del todo.

Rowena la miró más intensamente incluso si era posible.

—Entonces, ¿cuál es el problema?

—No tengo ni idea de por qué le gusto. ¿Le gusto de verdad? ¿Y por qué? Tienes razón. Es atractivo, un escritor fabuloso, un pintor excepcional...Y yo solo soy una bibliotecaria. Y ni siquiera bonita.

—Por supuesto que eres bonita. Y además es cosa suya, ¿no? Te gustan sus obras, le apoyas, y evidentemente disfrutáis la compañía del otro, incluso aunque sea solo en formato digital. Quizás sea tu otra mitad...Ya sé que no crees en esas cosas, pero eso no quiere decir que no puedan pasar. Tienes que conocerle y decidir por ti misma. Si no, siempre te preguntarás qué habría pasado. Te lo debes.

Sí, quizás tenía razón. Bueno, de hecho Rowena tenía razón, definitivamente. Si no lo hacía tendría que vivir el resto de su vida con la duda y se arrepentiría. No era cobarde. Pero cómo hacerlo era otra historia.

—Vale, pero si nos encontramos...Si una vez nos conocemos no nos gustamos y estamos en su casa o la mía, sería difícil para el otro...Él sugirió que nos encontráramos en algún otro sitio, en un lugar neutral, si yo no quería correr ese riesgo...

La cara de Rowena pasó de lucir una expresión de concentración intensa a felicidad y amplia sonrisa en unos segundos.

—¡Lo tengo! Has perdido la apuesta. Acabas de reconocer que no podrías vivir sin usar las redes sociales.

—¿Y?

—Me toca escoger un sitio para ir de vacaciones y tú te tienes que venir conmigo. Ese fue el trato. ¡Eso es! Buscaré un lugar bonito y romántico pero sin pasarse de sacarina y vamos juntas, así si la cosa no funciona estaré allí contigo y si funciona...Sé cómo divertirme sola y puedo hacerme invisible si hace falta...Un lugar para ir de vacaciones con un montón de cosas que hacer por si me tengo que entretener solita. Que espero que sea el caso. ¡Vamos, reconócelo! ¡Es perfecto!

Rowena estaba tan excitada que se levantó y empezó a dar saltitos y palmadas.

—¡Qué romántico! ¡Es muy excitante Lilith! ¡Maravilloso!

—No dejes volar la imaginación...Probablemente se quedará en nada. Quizás Zane no pueda venir.

—Ah no, de eso nada. Coordinaremos esfuerzos. Buscaremos fechas y lugar que sean mutuamente convenientes para todos. Será fantástico. Ya lo verás.

Ahora Lilith no podía echarse atrás. Estaba todo fuera de su control. Quizás era mejor así. Sin marcha atrás. Viento en popa a toda vela.

Capítulo 11.

Unas vacaciones románticas/
La pareja se conoce por fin

Rowena era como Terminator cuando tenía una 'misión'. Nunca se detenía por nada ni nadie. Estaba decidida a hacer que Lilith y Zane se conocieran por fin y no iba a renunciar hasta conseguirlo.

Estudió una gran variedad de posibles destinaciones de vacaciones. No quería un sitio que fuera muy complicado para Zane, ya que no quería darle excusas para no presentarse, y quería evitar lugares que estuvieran demasiado lejos para todos. Pero también quería pasárselo bien. Después de pensárselo detenidamente le envió un mensaje a Lilith en Friendties.

—Bermuda.

—¿Bermuda qué?

—¡Nuestras vacaciones, mujer! Está a una cierta distancia para todos, pero no está extremadamente lejos de nadie. Parece ser un sitio precioso, lleno de lugares para visitar, complejos hoteleros maravillosos, clubs de golf, spas, deportes acuáticos…Ni un momento aburrido. Unas playas bellísimas. Algunos de los hoteles tienen playas privadas y todo…Muy romántico si estás con la persona adecuada. Y yo nunca he estado.

—Será caro.

—Él vende bien sus libros, ¿no? No te preocupes por tu viaje. Tenemos toneladas de millas aéreas ahorradas. Ya es hora de que las usemos. Y Tom se olvidó de mi cumpleaños, así que el hotel será su regalo. Como compartiremos habitación, ¡todo solucionado! Solo tienes que decirle que planeas unas vacaciones en Bermuda y te gustaría que os encontraseis allí. Dile que las fechas son flexibles. A ver qué dice. Y no es zona de huracanes. No quiero excusas.

Lilith creyó que sería difícil sacar el tema a relucir, pero no podría haber sido más fácil. La siguiente vez que visitó Friendties Zane le envió un mensaje.

—No quiero presionarte pero me preguntaba si habías pensado en lo de nuestra reunión. Yo no paro de pensar en ello.

—Yo también. De hecho…—Lilith aún no había decidido si le iba a decir que Rowena iba a ir con ella o no. Si, como ella pensaba, él no se iba a presentar, daba lo mismo. Pero si las cosas funcionaban entre ellos, aunque a ella le parecía que eso era una posibilidad muy remota, le parecería muy raro que no se lo hubiese contado. Decidió darle el beneficio de la duda—de hecho le prometí a una amiga que iríamos de vacaciones juntas adonde ella quisiera ir. Estábamos hablando de ti…y ella sugirió que quizás podríamos encontrarnos allí durante las vacaciones.

Él tardó unos segundos en responder:

—Bonito detalle de su parte. Así si las cosas no van bien tú no estarás sola.

—Perdona…

—No, no, estoy de acuerdo. Las cosas irán de maravilla, por supuesto, pero entiendo que eso la preocupe. ¿Adónde quiere ir?

—Bermuda.

—¡Guau! Nunca he estado… ¡Suena fantástico!

—Ella tiene mucha maña organizando cosas…Estoy segura de que no le importará reservar habitación para ti si quieres, o te puedo enviar los detalles del hotel, a menos que prefieras reservar en algún otro sitio.

—Estoy seguro de que tu amiga escogerá un buen sitio. Yo habré terminado mis revisiones en unas 6 semanas más o menos… ¿Escogemos fecha? ¿Le parecerá bien a tu amiga?

—Sí, ella es flexible y se acomodará a lo que sea más conveniente para todos.

Lilith y Zane decidieron una fecha, y ella se lo comunicó a Rowena cuya excitación alcanzó el zenit (o en eso confiaba Lilith, ya que no podía imaginarse sobrevivir a ello durante las vacaciones si no fuera así).

Aunque al principio todo parecía muy lejos, el tiempo pasó mucho más rápido de lo que Lilith había anticipado. En apariencia su vida no había cambiado nada. Siguió trabajando en la biblioteca, mejorando la selección de libros digitales, poniendo al día y publicando hojas informativas, respondiendo a los comentarios, compartiendo información en clubs de lectura…Incluso sus conversaciones con Zane cambiaron poco. Ella se sintió aliviada de que conversaciones sobre temas más íntimos parecían haber quedado reservadas para encuentros en directo. Hablaban de libros, de sus cuadros, arte, de cómo iba la revisión, y Zane incluso le enviaba muestras del libro para que comentara. Se sentía privilegiada aunque no podía evitar tener dudas y cierta turbación. De vez en cuando él hacía alguna referencia a las vacaciones, de pasada, pero nada que no pudiese ignorar. Y para hacer las cosas aún más fáciles, Zane tuvo que ir a reunirse con su editor justo unos días antes del viaje y como le había advertido, no se pudo poner en contacto con ella durante ese tiempo.

Lilith le había contado sus planes a Debbie inmediatamente después de hablar con Rowena y habían discutido todos los detalles minuciosamente muy a menudo. Cuanto más cercana estaba la fecha de las vacaciones más excitada se ponía Debbie, aunque intentaba controlarse y mantener la calma, para no poner a Lilith más nerviosa de lo que ya estaba.

—Me gustaría tanto ir con vosotras. Parece un sitio precioso y estoy segura de que os lo pasaréis maravillosamente… pase lo que pase con Zane.

—¿Tú también tienes dudas? No puede funcionar, ¿verdad que no? ¿Qué probabilidades hay? ¿Una en un millón?

—No seas tonta. ¿Qué probabilidades teníais de conoceros? Y os conocisteis. ¿Y de que os hicieseis amigos? Quizás sea el destino. Estaba escrito que os ibais a conocer y a ser felices.

—Si, por supuesto. Y tú eres nuestra hada madrina que nos has ayudado a encontrarnos.

Debbie se rió.

—Bueno, como recompensa solo quiero que tu primera hija lleve mi nombre.

—¿Hija? ¡Dios mío! ¡Estás definitivamente loca!

Debbie se rió aún más.

El día del viaje llego por fin. La maleta de Lilith estaba lista. La bolsa de mano con su ordenador y su lector de libros electrónicos también. Había comprobado que tenía pasaporte, dinero, y billetes cientos de veces. Estaba tan preparada como lo estaría nunca. El taxi llegó como estaba planeado y todo salió sin contratiempos. Se reunió con Rowena, cuyo vuelo había aterrizado una hora antes que el suyo, en el Aeropuerto Internacional L.F. Wade, tal y como estaba previsto. Su amiga estaba guapísima e iba vestida muy veraniega. Perfecta para la destinación. Ella se sintió acalorada y demasiado vestida pero Rowena no pareció darse cuenta del estado de su amiga y la saludó con cariño.

—¡Qué ganas tenía de verte! ¡Estás guapísima! ¡Pongámonos en marcha! ¡No malgastemos ni un minuto de posible diversión!

Lilith no consiguió organizar sus pensamientos suficientemente para charlar de camino al spa/hotel. Ahora y por primera vez todo le parecía real. Rowena fue lo suficientemente amable como para llenar los silencios con comentarios sobre su viaje, su familia, programas de televisión…cualquier cosa y un poco de todo. Cuando el taxi las dejó con sus maletas en recepción, Lilith se quedó helada. ¡Era demasiado tarde para escapar! Rowena la miró con simpatía y afecto y poniéndole una mano en el hombro le dio un apretón.

—Todo irá bien.

Se registraron y uno de los recepcionistas le dio una nota a Lilith.

—Del señor Roberts. Me pidió que se lo diera personalmente cuando llegase.

Rowena dio un gritito de placer y empezó a botar.

—¡Léelo! ¡Anda, porfa…!

—Cuando estemos en nuestra habitación.

Lilith tuvo que inspirar profundamente varias veces para conseguir calmarse un poco. Bueno, uno de los escenarios que se había imaginado estaba descartado. Zane había venido.

Lilith se resistió a los ruegos de su amiga. Había decidido esperar. No era urgente. Y no estaba desesperada. O al menos no quería admitir que estuviera desesperada y para ella en aquel momento eso era lo único que importaba.

La habitación tenía las mejores vistas que Lilith había contemplado nunca. Césped inmaculado, palmeras y el océano de un color turquesa increíble…Era un sueño. Y el interior también era precioso. Dos camas dobles, con sábanas de primera calidad, cojines bordados a mano, suelo de madera, una televisión de pantalla plana en la pared, y en la sala adyacente dos escritorios con material para la escritura, un bello sofá de piel, una televisión más grande con un sistema de cine y juegos integrados, cuadro con vistas locales, flores naturales por todas partes, un cesto enorme de fruta, un cuarto de baño, totalmente equipado con jacuzzi, más grande que el apartamento de Lilith.

—Es precioso—dijo ella volviéndose a mirar a Rowena.

—Sí, sí. Ahora lee la nota.

La nota era muy corta y no la leyó en voz alta.

'Hola Lilith. ¿Quedamos para cenar? Si te parece bien podemos encontrarnos en recepción a las 7 de la tarde. He reservado mesa. Si no te va bien llámame. Mi habitación es la número 11.'

Cuando terminó de leerla alzó la vista. Rowena estaba expectante.

—¿Y bien?

—Quiere que cenemos juntos. A las 7.

—¡Excelente! Tienes 3 horas. Te ayudo a arreglarte.

—Puedo hacerlo sola.

—No seas tonta. Ésta es una ocasión especial. Vamos a jugar a disfrazarnos como hacíamos cuando éramos (más) jóvenes.

Igual que con los Borg de Star-Trek, toda resistencia era

inútil. Lilith sonrió y se puso a merced de Rowena. Su amiga era muy buena con la ropa y modas e incluso logró convencerla para ponerse pintalabios.

—Yo voy contigo, pero me quedo unos pasos detrás de ti. No queremos asustarlo—dijo Rowena.

—Él sabe que has venido conmigo.

—Eso no quiere decir que le guste.

—¿No quieres que te lo presente?—preguntó Lilith.

—No…Os tenéis que dar tiempo para conoceros vosotros primero. Ya habrá tiempo una vez el embarazo inicial haya pasado y estéis más a gusto.

Lilith confiaba en que su amiga tuviera razón. A pesar de que estaba lista casi media hora antes de la cita, Rowena insistió en que debía llegar al menos con 10 minutos de retraso.

—Tienes que hacerle esperar un poco. No quieres correr el riesgo de ser la primera en llegar y que parezca que estás desesperada.

¡Dios mío! ¡Había reglas para todo!, pensó Lilith.

Tenía razón. Cuando llegaron a recepción, a las 19:12 exactamente, reconoció a Zane inmediatamente. Era más alto de lo que había pensado, e incluso más atractivo en persona. Vestido en tono elegantemente casual con una camisa de algodón de color crudo, pantalones de corte clásico del mismo color y zapatos de lona. Iba a girarse a decirle a Rowena que él estaba allí, pero ella estaba ya a su altura y le susurró mientras pasaba por su lado:

—Es aún más guapo que en las fotos. ¡Buena suerte!

Zane también la había visto y se dirigió hacia ella. Se encontraron a mitad de camino.

—¡Lilith! Es todo un placer conocerte por fin.

—Encantada de conocerte, Zane.

Él la abrazó y la besó en ambas mejillas. Por si fuera poco también olía muy bien.

—¿No es éste un lugar fabuloso? Dale las gracias a Rowena de mi parte. Espero que la conoceré pronto, pero mientras tanto...
—Lo haré.
—Nuestra mesa está lista.

Él la tomó del codo izquierdo y la condujo suavemente hacia una mesa justo al lado de las puertas de vidrio, con vista al mar. El camarero pareció materializarse de la nada con los menús tan pronto como se hubieron sentado y esperó mientras ordenaban las bebidas. Cuando regresó con las bebidas, vino blanco para él y un cóctel de frutas sin alcohol para ella, anotó el resto de la orden y desapareció.

Lilith se sintió cohibida e incómoda unos 5 segundos, hasta que Zane la miró con una sonrisa y dijo:

—¿No crees que esto sería un escenario maravilloso para mi próxima novela de misterio?
—¿En qué estabas pensando?
—Estaba pensando en alguien que sea el investigador en jefe de una gran empresa de seguros, con conocimientos de cómo funciona todo desde dentro y todo eso, y que viaja a diferentes lugares para investigar robos a gran escala, crímenes, fraudes... podría ser una manera excelente de introducir otros temas de interés como localizaciones reales y también historias locales, obras de arte relevantes de ese país, artefactos famosos, incluso personajes reales del lugar, hechos históricos...que añadirían un nivel más de aliciente e intriga.

—Tal vez debería ser una mujer. El investigador—sugirió Lilith.

—¡Excelente idea! ¡De una minoría étnica! ¡Hispana o quizás...

—¡Del Asia!

Se metieron de lleno en los detalles del proyecto y a Lilith se le olvidaron los nervios y dudas. Tomaron un café después de la cena y se fue a pasear a la orilla del mar. Era una hermosa noche de luna llena. Era tan luminosa que se podían ver el uno al otro sin dificultad.

Zane, que había estado contemplando el agua en silencio, finalmente dijo:

—Esto es tan romántico... —se volvió para mirar a Lilith e inesperadamente dio un gran bostezo.

—¡Lo siento mucho! No es la compañía, de verdad. Es sólo mucho más tarde para mí con el cambio de zona horaria. Confiaba en poder haber echado una siesta de un par de horas una vez llegué aquí, pero salimos con algo de retraso de Londres y no logré dormir en el avión.

—No te preocupes por nada. Lo entiendo perfectamente. También estoy muy cansada —dijo Lilith, para que se sintiera mejor. Estaba completamente despierta. De hecho, dudaba si conseguiría conciliar el sueño después del encuentro de aquella noche.

Se encaminaron hacia el hotel, sin dejar de hablar sobre posibles hilos argumentales. Zane insistió en acompañarla hasta la puerta de su habitación. Una vez allí la besó en la mejilla y le dijo:

—Todo un placer. Fue incluso mejor de lo que esperaba.

—Para mí igual.

Sonrió. Tenía la sonrisa más increíble que Lilith había visto en su vida.

—¿Por qué no desayunamos juntos? Así podemos seguir con la conversación? Y, hablar de cosas más personales. Y hacer planes para los próximos días.

Lilith le devolvió la sonrisa.

—Estás cansado…¿Por qué no lo dejamos para la comida y al menos no tendremos que preocuparnos de despertadores, relojes biológicos u otros relojes?

—Tienes razón. Pero si te despiertas temprano mañana y te aburres, no dudes en llamar a mi habitación. Estoy seguro de que estaré levantado…Nunca duermo demasiado bien en camas extrañas, aunque debo admitir que mi cama parecía muy cómoda.

—Trato hecho. ¡Hasta mañana!

—Hasta mañana. ¿A la 1:30 en recepción?—sugirió Zane.

—A la una y media en recepción.

Lilith no pudo contenerse y le dio un rápido beso en los labios antes de meterse en la habitación.

Rowena estaba mirando la tele, fingiendo que no la estaba esperando.

—Oh, has vuelto. Pensé…—dijo, sonando un poco decepcionada.

—Fue maravilloso. Hablamos de su próximo proyecto y charlamos…sin parar. Es encantador. Estaba muy cansado con el cambio de zona horaria y todo eso. Quedamos en reunirnos mañana para comer y luego… ya veremos.

—¿No hablasteis de nada…más? ¿Nada personal… o romántico?

—Eso fue gracioso. Justo acababa de decir que era un lugar muy romántico y de repente se le escapó un bostezo enorme. Luego se disculpó y todo eso… En ese momento decidimos dar por acabada la velada.

—¡Qué pena! Tenía la esperanza de las cosas hubieran ido en una dirección más interesante. Pero tienes razón. Está cansado y es vuestra primera cita de verdad. Debe sentirse un poco raro. Mañana ya veremos.

QUERIDOS LECTORES. AHORA OS TOCA ELEGIR. OS OFREZCO TRES POSIBLES FINALES. FINAL NÚMERO UNO ES EL FINAL TRISTE. FINAL NÚMERO DOS ES UN FINAL NEUTRAL. EL FINAL NÚMERO TRES ES EL FINAL FELIZ. PODÉIS VOLVER A LA TABLA DE CONTENIDOS Y ELEGIR EL FINAL QUE PREFIRAIS. O PODÉIS LEER LOS TRES Y DECIDIR CON CÚAL OS QUEDARÍAIS. POR SUPUESTO OTRAS VERSIONES DE LOS TRES TIPOS DE FINALES SON POSIBLES Y ME ENCANTARÍA QUE ME DIJERÁIS QUÉ PENSÁIS. DESPUÉS DEL ÚLTIMO FINAL OS DEJO ENLACES PARA QUE OS PODÁIS PONER EN CONTACTO CONMIGO SI QUERÉIS CHARLAR UN RATO. Y TAMBIÉN OS DEJO INFORMACIÓN SOBRE MIS OTROS LIBROS. ¡NO OS HAGÁIS DE ROGAR!

Capítulo 12.

Final triste. Zane es malo, muy malo para el corazón.

Lilith durmió mejor de lo que esperaba, aunque se despertó alrededor de las 7. Fue al gimnasio e hizo ejercicio un buen rato, volvió a su habitación y se fue a desayunar con Rowena. Fueron a visitar el spa para recoger el programa de tratamientos y luego fueron a la playa.

Al mediodía Rowena insistió en que debían volver a su habitación.

—Tienes que estar lista para la cita.

—Es solo una comida informal. Tampoco hace falta que me ponga de tiros largos.

—Créeme. La primera cita es muy importante. Fundamental diría yo. Tú querrás que él haga un poco de esfuerzo, ¿no?

—Él no tiene que hacer ningún esfuerzo. Es perfecto tal y como es.

Rowena la miró con gesto de preocupación.

—No te habrás enamorado de él ya, ¿no? Ni siquiera has tenido oportunidad de llegar a conocerlo.

—Lo sé, lo sé… No te preocupes. Por supuesto que no. Pero…me gusta… un montón.

Lilith finalmente se puso un vestido de verano con flores de color rosa, bajo la estrecha supervisión de Rowena, y fue a reunirse con Zane. Cuando llegó a la recepción él ya estaba allí, vestido con una camisa floreada y pantalones cortos, absorto en lo que parecía ser una conversación muy animada con dos mujeres jóvenes. Los dos eran rubias, estaban muy tostadas por el sol y llevaban puestos los bikinis más minúsculos que Lilith había visto en su vida. Se quedó esperando a unos pasos de ellos y estaba considerando toser un poco, cuando por fin él se dio la vuelta y la vio.

—Oh, Lilith...Ya estás aquí—se volvió hacia las dos mujeres, y dirigiéndoles una enorme sonrisa, dijo:—Espero que nos veamos de nuevo. Debemos seguir con la conversación.

—Sí, claro—contestaron las dos riendo y se fueron, dándose la vuelta para mirarlo mientras se alejaban.

—Siento interrumpir—dijo ella ya que le pareció que debía decir algo y él no se daba por aludido.

—No, no. No pasa nada. Nunca se sabe cuándo saltará la oportunidad.

No tenía ni idea de a lo que se refería—. ¿Son lectoras? ¿Coleccionistas de arte?

Él se echó a reír a carcajadas y le puso una mano en la espalda para guiarla a la misma mesa que la noche anterior.

—No, en absoluto. Nada de eso.

Aunque Zane parecía menos cansado que la noche anterior, estaba más distraído. No paraba de moverse, estaba mirando a las otras mesas todo el rato y no dejaba de comprobar su móvil.

—No conseguí conectarme ayer, pero por fin todo funcionó. Confío en que no te moleste. Hay unas cuantas cosas con las que me tengo que poner al día.

—No, no, por supuesto que no.

Lilith creyó que se refería a asuntos de negocios, pero cuando empezó a reírse de lo que fuese que estaba leyendo en el teléfono, se dio cuenta de que debía estar haciendo otro tipo de cosas.

—¿Algo divertido? —preguntó ella intentando participar.

—Atrevido más que divertido. Supongo que podríamos llamarlo osado/divertido.

Aunque hablaron un poco, la experiencia de Lilith fue completamente distinta a la de la noche anterior. Parecía que Zane encontraba su teléfono y las mujeres (Lilith estaba convencido que solo miraba a las mujeres) a su alrededor mucho más interesantes que ella.

Después de comer volvieron a recepción. Zane se distrajo mirando a una mujer de pelo negro con bañador rojo muy atractiva que pasó por su lado. Lilith suspiró y eso le hizo mirarla.

—Espero una llamada muy importante esta noche pero si quieres que nos veamos mañana… —sugirió él.

—De acuerdo. Llámame y ya veremos de qué humor estamos y qué nos apetece hacer —dijo Lilith que no estaba nada convencida del asunto.

—¡Nos vemos!

Esta vez ni beso en la mejilla ni nada. Ella volvió a su habitación bastante desanimada. Rowena, que había ido a que le dieran un masaje, llegó unos minutos después y se dio cuenta de que su amiga estaba desilusionada.

—¿Qué pasó? Pensé que ibais a pasar el resto del día juntos.

—Para serte sincera me he llevado una desilusión.

Ella le explicó lo que había pasado. Rowena la miró y sacudió la cabeza.

Final triste. Zane es malo, muy malo para el corazón.

—Algunos hombres no pueden evitar mirar a las mujeres ligeritas de ropa.

—Sí ya, pero daba la impresión de que su teléfono le parecía mucho más interesante que yo. Quizás tuvimos una buena conversación ayer solamente porque no consiguió conectarse con nadie más.

Rowena y Lilith aprovecharon la tarde. Alquilaron un taxi y fueron a visitar las atracciones turísticas cercanas al hotel. Era un lugar muy bello y Lilith se había puesto de mucho mejor humor para cuando volvieron al hotel.

—¿Vamos a cenar? ¿Quién sabe? Quizás encontremos a un par de príncipes azules—sugirió Rowena.

Lilith negó con la cabeza.

—No, gracias. Estoy cansada. Pediré que me suban un bocadillo o algo, y miraré la tele o leeré un rato. Pero no te quedes por mí. Ve tú.

—Pero…

—No, no, de verdad. Tú ve y diviértete.

Después de mucho insistir al final Rowena accedió. Se puso un vestido negro y dorado y dio un par de vueltas para que Lilith la viera bien.

—¿Qué te parece?

—Estás despampanante. Me preocupa el pobre Tom, allí en casa, solito.

—No seas tonta. Ya sabes que hablo mucho pero en el fondo le quiero de todo corazón y nunca haría nada que pudiera hacerle daño.

Cuando Rowena se fue ya eran las 8. Lilith llamó a cocina, pidió un bocadillo y se puso cómoda en el sofá de la sala, con el mando a distancia y el lector electrónico a su alcance. Media hora más tarde, cuando estaba totalmente enganchada a un documental sobre la Isla de Pascua, sonó su teléfono. Era Rowena.

—¡Hola Rowena! ¿Te estás divirtiendo?

—Por llamarlo de alguna manera—Rowena estaba hablando tan bajo que Lilith casi no la podía oír—. Dime. Estoy casi segura pero quiero que me lo confirmes…Ese tío que está en el bar…con una camisa azul y amarilla, ese tío es Zane, ¿no? Te envío una foto.

Lilith recibió la foto. Era Zane. Le había dicho que estaba esperando una llamada. Quizás la llamada había llegado mucho antes de lo que esperaba. O….

Rowena volvió a hablar.

—Conecta el video-chat. No estoy segura de poderte mostrar mucho sin levantar sospechas pero…

—¿De qué….?

—Tú solo escucha. Tienes que oír esto…Ya vuelve. ¡No puedo seguir hablando!

Lilith obedeció y conectó el video-chat. Tenía una mala premonición.

Oyó como Zane saludaba a Rowena.

—Ah, ahí estás, guapísima. Tu bebida.

—Gracias. ¿Así que eres escritor?—le preguntó Rowena.

—Sí. Y también pinto. Y muy bien, si me perdonas la inmodestia. ¿Y tú? ¿Eres modelo?

Rowena soltó una risita tonta que Lilith conocía muy bien. Era su risa falsa/coqueta.

—¿A mi edad? No, no. Me gusta el diseño y el arte pero no me dedico profesionalmente. Y cuido de mi marido y de mis hijos—. Zane se quedó callado unos segundos pero eso no fue suficiente para pararle los pies.

—Pero has venido sola, ¿no?

—Estoy con una amiga. Queríamos ir a algún sitio bonito y pasar unos días relajándonos. ¿Y tú?

—Yo estoy solo.

Lilith oyó como Rowena inhalaba profundamente antes de meterse a saco.

—Me pareció verte cenando con una mujer ayer por la noche.

—Oh, eso…Es una fan. Nos conocimos en Friendties. Creí que podría ser divertido si nos conociéramos en la vida real. Desgraciadamente fue una desilusión.

—¿Y decidisteis encontraros aquí sin conoceros en la vida real? Me parece algo arriesgado.

Lilith hubiera dado cualquier cosa por poder ver la cara de Zane durante la conversación, pero aunque Rowena había dejado el teléfono en marcha y su bolso abierto, no podía ver nada más que el interior del bolso.

Zane soltó una risotada.

—Oh, no es la primera vez. Lo he hecho otras veces. A veces sale mejor que otras. He conocida algunas tías buenísimas y nos lo hemos pasado a tope. Pero esta vez no.

Lilith no quería escuchar el resto de la conversación, pero sabía que debía hacerlo. Tenía que descubrir la verdad sobre Zane, para evitar que algo así le volviera a pasar.

—Parecía maja—dijo Rowena.

—Muy por debajo de mi liga habitual. Por otro lado tú eres preciosa. Totalmente impresionante.

Lilith se había hecho una bola y se abrazaba las rodillas en el sofá, sin casi respirar. Sabía que solo podía ir a peor.

—No exageres…Tengo curiosidad… ¿No os habíais comunicado por video? Debías haber visto qué aspecto tenía.

—Sí, pero la calidad de las imágenes no es siempre perfecta. Y decidí darle el beneficio de la duda.

—¿Por qué la escogiste a ella de entrada? —Rowena siguió echándole cebo. Aunque la situación era horrible para ella tenía que reconocer que su amiga Rowena tenía un gran talento para obtener información.

—Es bibliotecaria. Se me ocurrió que sería una buena oportunidad para que mi libro apareciera en el catálogo de unas cuantas bibliotecas y de conseguir promoción gratis. Y es evidente que ella es muy nueva en todo esto de redes de comunicación sociales, y muy inocente. Puede ser muy divertido 'educar' a alguien así. Es maravilloso ver como echan todas sus inhibiciones por la ventana y como hacen lo que tú quieres. ¡No tienes ni idea de la cantidad de 'conversaciones íntimas' que han tenido lugar en Friendties! No te lo podrías creer.

Lilith tuvo que secarse una lágrima. No, no se iba a echar a llorar. Llorar de verdad, no. El desgraciado no se lo merecía.

—¿Entonces qué vas a hacer con ella? Si no estás interesado no deberías seguirle la corriente—. Lilith notó la irritación e incluso odio en la voz de Rowena.

—No te preocupes por ella, cariño. En el peor de los casos y si no encuentro a nadie más, siempre me la puedo tirar. A veces estas mujeres reprimidas pueden resultar de lo más sorprendentes cuando se ponen a ello. Espero que no lleguen las cosas a esos extremos. Preferiría 'conversar' contigo, preciosa.

A Lilith se le había caído el teléfono y lo estaba mirando a través de sus lágrimas. ¡Había sido una imbécil!

Mientras lloraba oyó el ruido de un gran bofetón proveniente del móvil y entonces apareció la imagen de Zane acariciándose la mejilla izquierda, donde podía verse una enorme marca roja, con pinta de mano.

—¡Eres un idiota! ¡Lilith es mi mejor amiga! Y tú no le llegas ni a la suela de los zapatos.

Final triste. Zane es malo, muy malo para el corazón.

Rowena desconectó el móvil y estaba de vuelta en la habitación antes de que Lilith pudiera siquiera reaccionar. Corrió hacia ella y la abrazó.

—¡Oh, Lilith, qué hijo de puta! Gracias a dios que no pasó nada más. Podría haber sido mucho peor. ¿Estás bien?

Lilith sacudió la cabeza de lado a lado y Lilith la abrazó aún más estrechamente.

—Nos mudaremos a otro hotel. No te preocupes. No vamos a dejar que ese idiota nos arruine las vacaciones. El mundo está lleno de tíos como ese. ¡Te mereces un hombre mucho mejor que él!

Lilith no durmió demasiado bien esa noche. Por la mañana, tan pronto como salió el sol, Lilith se asomó al balcón. Era una mañana encantadora. Respiró profundamente. Ella siempre había sabido que el romance no era lo suyo. Había sido una tonta al dejarse convencer por un tipo creativo y artístico, que evidentemente era su debilidad. Nunca jamás volvería a cometer un error así. Los romances se habían terminado para ella. El mundo estaba lleno de causas justas. Encontraría una y se pondría a trabajar. Y se olvidaría de los tíos guapos sin corazón. Afortunadamente Rowena estaba con ella. Y también podía contar con sus libros, como siempre. Y estaba decidida a disfrutar las vacaciones, aunque fuera la última cosa que hiciera.

Capítulo 13.

Final neutral. Zane es un tío majo pero…

Lilith durmió mejor de lo que esperaba, aunque se despertó alrededor de las 7. Fue al gimnasio e hizo ejercicio un buen rato, volvió a su habitación y se fue a desayunar con Rowena. Fueron a visitar el spa para recoger el programa de tratamientos y luego fueron a la playa.

Al mediodía Rowena insistió en que debían volver a su habitación.

—Tienes que estar lista para la cita.

—Es solo una comida informal. Tampoco hace falta que me ponga de tiros largos.

—Créeme. La primera cita es muy importante. Fundamental diría yo. Tú querrás que él haga un poco de esfuerzo, ¿no?

—Él no tiene que hacer ningún esfuerzo. Es perfecto tal y como es.

Rowena la miró con gesto de preocupación.

—No te habrás enamorado de él ya, ¿no? Ni siquiera has tenido oportunidad de llegar a conocerlo.

—Lo sé, lo sé… No te preocupes. Por supuesto que no. Pero…me gusta… un montón.

Lilith finalmente se puso un vestido de verano con flores

de color rosa, bajo la estrecha supervisión de Rowena, y fue a reunirse con Zane. Cuando llegó a la recepción él ya estaba allí, esperándola. Iba vestido de forma muy similar a la noche anterior y seguía muy guapo, aunque tenía pinta de cansado.

Él le sonrió.

—Estás muy bonita hoy.

—Gracias Zane. Tú pareces cansado.

—No conseguí dormir bien a pesar de estar muy cansado. Sí, definitivamente las camas extrañas no me sientan nada bien por cómodas que sean.

—Yo en cambio dormí muy bien. Fui al gimnasio esta mañana y luego a la playa… me siento mucho mejor.

—Bueno. Vamos a comer—de nuevo la tomó por el codo y la guió a la misma mesa. El camarero hizo el mismo truco mágico de aparecer de la nada y anotó su orden. Una vez que el camarero se fue, ellos se miraron con timidez. Zane soltó una risita nerviosa.

—Es raro. Me siento más incómodo hoy que ayer.

—¿Por qué?

—No lo sé. Tal vez porque lo pasamos muy bien ayer y no estoy seguro de poder repetir o mejorar. No me siento muy inspirado.

—Sé tú mismo. Eso es más que suficiente.

Él sonrió y pareció relajarse un poco.

—He estado pensando en nuestra conversación sobre el nuevo libro. Creo que voy a ir a visitar una de las bibliotecas locales y ver qué tipo de información que me pueda ser útil puedo encontrar.

—¡Buena idea! ¿Quieres que vaya contigo?—ofreció Lilith, con entusiasmo.

—No, no…Eres bibliotecaria en la vida real. No querrás

pasarte las vacaciones en una biblioteca. Voy a ir esta tarde, después de comer y echaré un vistazo. Te llamaré cuando vuelva y si te apetece podríamos ir a tomar una copa o pasarnos por la discoteca y bailar un poco…

—Bailo muy mal—protestó Lilith.

—No te preocupes. A mi lado, Nureyev… o Gene Kelly (sé que te gusta) no tienen nada que hacer.

Ella sonrió. Se lo pasaron bien, charlando sobre libros. Él le dijo que estaba pensando en sacar algunas fotografías de la ciudad y de los alrededores de la isla para poder usarlas como referencia para futuros cuadros. Cuando se despidieron después de comer, de nuevo con besos en las mejillas, Lilith volvió a su habitación mientras él salía del hotel con rumbo a las bibliotecas locales.

Rowena había dejado una nota diciéndole a Lilith que estaba en el spa. Ella la llamó y se reunió con ella para hacerse una pedicura.

—¿Cómo está Zane?

—Sigue cansado. No pudo dormir bien. Pero muy majo y agradable.

Rowena la miró tan intensamente que Lilith tuvo que preguntar:

—¿Qué?

—¿Y?

—¿Y? ¿Qué?

—Bueno, sí, que me parece muy bien que sea un tío majo y eso. Pero, ¿hay algo más? No has venido hasta aquí sólo para hablar de libros y continuar las conversaciones que teníais en Friendties. Pensé que las cosas irían a más.

—Tal vez él quiera tomárselo con calma e ir despacio—respondió Lilith, que tenía que reconocer que ella pensaba lo mismo.

Final neutral. Zane es un tío majo pero...

—Tomárselo con calma e ir despacio... ¡Es un tío, Lilith! No sea ingenua. Apresurarse y hacer las cosas sin pensar son sus apellidos. Incluso sexualmente siempre tienen prisa. Piensa en... Mejor dejémoslo correr. Solo que no tiene mucho sentido. Venga a decirte que eres guapa y que os teníais que conocer y todo eso, y ahora...Por su comportamiento podríais ser hermano y hermana.

—Me llamará cuando vuelva. Habló de ir a tomar una copa y a bailar.

—Yo iré a bailar también. Quiero observar a distancia y ver qué impresión me hace. Me parece algo sospechoso.

—Vale.

Zane la llamó a las 8. Le dijo a Lilith que había encontrado mucha información interesante para su nueva novela, y sugirió que se reunieran en la discoteca del hotel a las 10:30. Rowena y ella cenaron algo ligero y luego se arreglaron para ir a bailar.

Las dos salieron juntas, pero Rowena se unió a un grupo de personas de su edad y entró con ellas, dejando a Lilith en la puerta esperando a Zane. Llegó con 15 minutos de retraso y parecía muy avergonzado cuando apareció.

—Lo siento mucho. Me retrasé con una llamada de teléfono y con la diferencia horaria y lo que costaría la llamada me sabía mal cortarle pero no acababa nunca. Perdona.

—No tiene importancia.

Fueron al bar a por unas bebidas, Lilith un refresco de cola de dieta y Zane una cerveza y luego fueron a bailar. Lilith no perdía de vista a Rowena, que era una buena bailarina y parecía estar pasándoselo muy bien. Cuando Lilith fue al cuarto de baño un poco más tarde, Rowena la siguió y entró detrás de ella.

—¿Y?—le preguntó a Lilith.
—No es fácil hablar con tanto ruido.
—Quizás cuando bailéis agarrados al final.

Al salir del cuarto de baño, Lilith vio a Zane, que parecía estar enfrascado en una conversación con una mujer de pelo oscuro muy atractiva y elegante, como ellas de unos cuarenta años. Se volvió para mirar a Rowena, que le devolvió la mirada.

—Parece que se conocen—dijo Lilith.
—¿Quién sabe? Podría ser alguien con quien ha trabajado—dijo Rowena. Lilith tenía sus dudas, pero no dijo nada.

Al final de la sesión, cuando empezaron a tocar canciones lentas, Zane dijo que estaba cansado y después de estar sentados en un sofá un rato finalmente decidieron marcharse. Lilith vio a Rowena bailando con un chico joven. Su amiga parecía tener mucho más éxito que ella.

Fuera de la discoteca Zane se giró hacia Lilith.
—Me lo pasé muy bien. Tengo que seguir buscando información para la novela por la mañana, pero si quieres podemos quedar para comer algo a media tarde y tal vez después podríamos hacer una excursión en barco... ¿Qué te parece?

—Me parece muy buena idea. ¡Buenas noches!
—¡Buenas noches!

Ella fue a besarle en los labios, pero él se movió y al final se quedó en otro beso en la mejilla. Definitivamente extraño.

Lilith llegó a su habitación unos minutos antes de que Rowena hiciera su gran entrada. Iba descalza con las sandalias en la mano e iba tarareando en voz baja con una gran sonrisa.

—¡Guau! ¡Menuda noche!
—¡Y que lo digas! Tu pareja parecía mucho más interesada

que la mía—dijo Lilith.

Rowena sonrió.

—Estaba empeñado en venir conmigo pero le expliqué que comparto habitación con una amiga. Cuando sugirió que fuéramos a su habitación yo le dije que estaba casada y 'bien casada'. Al final se dio por vencido.

Lilith miró a su amiga y suspiró.

—¿Nada?—preguntó Rowena.

—Menos que nada. Fui a besarle en la boca giró la cara así que terminé besándole en la mejilla.

—Eso es muy raro. Creo que oculta algo…

Mientras se preparaban para ir a la cama siguieron especulando sobre lo que pasaba. Una vez en la cama, incluso después de apagar la luz, siguieron formulando teorías y explicaciones. ¿Sería gay? ¿Estaría enfermo?

—¿Estás segura de que no tiene pareja?—preguntó Rowena.

—¿Cómo podría estar segura? Solo sé lo que me ha dicho, pero si es verdad o no… No entiendo que ganaría con mentirme. Si lo único que quería era que me reuniera con él y aprovecharse de mí, ¿por qué está siendo tan amable…y tan distante?

—Aprovecharse de mí….Yo me desternillo contigo, Lilith. Hablas como si esto fuera una novela decimonónica.

—Bueno pero sabes lo que quiero decir.

—Sí, y tienes razón.

Finalmente se durmieron y por la mañana cuando bajaron a desayunar uno de la recepcionista le hizo señas a Lilith para que se acercara.

—El señor Roberts le dejó una nota.

—Gracias.

Lilith la desplegó, con Rowena mirando sobre su hombro.

Decía:

'Rachel:

No te quería despertar. He ido a la biblioteca. Te veré cuando vuelva.

Te quiero. Besos:

Z'

Lilith se sintió muy rara, como si fuera el centro de un vórtice y todo lo que estaba a su alrededor se estuviese abalanzando hacia ella. Respiró hondo y miró al recepcionista que no había dejado de mirarla. Lilith le devolvió la nota.

—Es un error. Esta nota no es para mí.

—Oh... lo siento... pensé... Como la había visto con el Sr. Roberts un par de veces pensé...

—No. No estamos juntos.

—Siento haberme equivocado.

—No se preocupe. Una equivocación lógica.

Ella se alejó del mostrador, con Rowena siguiéndola de cerca.

—¿Estás bien?

—Desde luego que es una equivocación lógica. Como que yo también me he equivocado. ¡Está con alguien!—exclamó Lilith.

Rowena abrió la boca, pero Lilith alzó la mano para acallarla.

—No hay nada que decir. Hablaré con él cuando regrese. Quiero una explicación y creo que me la merezco.

—Por supuesto.

Lilith pasó la mañana en el gimnasio, tratando de librarse de su frustración y de su enojo. ¿Por qué le había hecho eso a ella? Eran amigos, o al menos eso es lo que creía hasta entonces...

Zane la llamó a las 2 de la tarde y se reunió con él para tomar un aperitivo. Una vez sentados en la mesa de siempre, después de pedir las bebidas y antes de Zane pudiera decir nada, Lilith le preguntó:

—¿Quién es Rachel? El recepcionista se equivocó y me dio una nota que habías escrito para ella, esta mañana. ¿Quién es Rachel?

Zane miró al suelo y luego miró directamente a Lilith y suspiró.

—Rachel es mi compañera. Vivimos juntos 10 años.

—Me dijiste que se había terminado.

—Sí, y así fue. O eso creíamos entonces. Escucha, esto no formaba parte del plan. Cuando organizamos estas vacaciones, tenía muchas ganas de conocerte y muchas esperanzas de que nuestra amistad... podría convertirse en algo más.

—¿Y?

—Fui a ver a mi editor y cuando salía de la oficina...me encontré a Rachel...Nos pusimos a hablar, y luego fuimos a dar un paseo y a comer...y acabamos en su apartamento. No nos hemos separado desde entonces. Pensé en ponerme en contacto contigo y cancelarlo todo pero Rachel...Ella quería que me asegurase de que no estaba tomando... ¿Cómo lo dijo? El camino de menor resistencia...creo que lo que quería decir es que...

—Ella quería asegurarse de que no volvías con ella solo porque era lo familiar que conocías y sería más fácil que empezar de nuevo con una persona desconocida. Sí, lo entiendo. Podrías habérmelo dicho.

—Ella no quería venir. Rachel quería que yo probara y decidiera por mí mismo...pero yo no podía hacer eso. En serio, no quería hacerte daño. Decidí que lo mejor sería que te dieras cuenta de que no podía haber nada más entre nosotros tú misma, sin escenas, ni disgustos...si como yo sospechaba amistad era lo único que podía haber entre nosotros. Lo siento mucho.

Lilith se excusó y se fue al cuarto de baño. No estaba segura de cómo se sentía. Ella llamó a Rowena y le explicó lo que le había dicho Zane.

—Olvídate de la comida. Vuelve a nuestra habitación. Salgamos y olvidémonos de todo este lío.

—Vale. Pero me despediré de todos modos. Yo no creo que tuviera malas intenciones.

—Pues si esas son sus buenas intenciones, yo no las quiero, gracias. ¡Que se las quede él! ¡Y la Rachel esa de las narices!

Lilith sonrió al terminar la llamada. Rowena parecía estar más indignada que ella No sabía por qué, pero después de la sorpresa inicial no se sentía tan mal. Por alguna razón desconocida le parecía bien que alguien estuviese intentando solucionar los problemas de su relación a largo plazo en lugar de abandonarla por un capricho pasajero.

Al volver a la mesa vio que Zane se había ido y una mujer estaba sentada en su lugar. Creyó reconocer a la atractiva morena desconocida que Rowena y ella habían visto hablando con Zane la noche anterior.

—Debes ser Rachel—dijo Lilith, dándole la mano a la mujer.

—Y tú Lilith. Encantada de conocerte.

Lilith se sentó frente a Rachel.

—Zane me llamó. Me pareció que debería venir. Se me dan mejor las explicaciones…No quería que creyeras que intentamos engañarte, o reírnos de ti, o hacerte desgraciada… Cuando nos volvimos a ver hace unos días creo que ambos nos dimos cuenta que todavía sentíamos algo el uno por el otro, y teníamos mucho en común y…Cuando me dijo que os habíais hecho amigos y que habíais quedado en conoceros yo insistí en que debía venir. No me pareció justo para ti. Pensé que te merecías tu oportunidad y…por lo menos una explicación cara a cara si las cosas no funcionaban… A él le encantó conocerte. Parece que os lleváis muy bien. Yo diría que mejor que él y yo.

Lilith trató de sonreír. Rachel asintió con la cabeza.

—Sí, nos peleamos a menudo. Le caes muy bien, de veras.

—Puede que sí. Pero él te quiere a ti.

Rachel asintió con la cabeza.

—Si no nos hubiésemos encontrado ese día las cosas probablemente habrían sido completamente diferentes entre vosotros dos. Diría que lo siento, pero…Yo también le amo, a pesar de los malos momentos.

—Comprendo.

—Gracias Lilith. Espero que sigáis siendo amigos. Sé que a él le encantaría, pero por supuesto depende de ti.

—Me lo pensaré. Adiós Rachel.

Lilith se levantó y se fue. Una vez de vuelta en su habitación, le contó a Rowena lo sucedido.

—¿Amigos? ¡Anda, vamos! ¿En serio? ¿Cómo se atreve a sugerir eso después de que ella te lo ha quitad…?

—Bueno, ella lo vio primero.

—¿Qué es esto? ¿El que lo encuentra se lo queda?

—Algo así.

Rowena y Lilith se miraron y se echaron a reír.

—No estás enfadada —dijo Rowena.

—Me parece que no. Estoy segura de que podría haberme enamorado de él, pero estuvo claro desde el principio que él no estaba interesado.

—¿Vais a seguir siendo amigos?

—Quizás. Ya veremos cómo van las cosas.

Mientras estaban de excursión en un barco más tarde, Rowena notó que Lilith estaba escribiendo en un pequeño cuaderno.

—¿Qué estás haciendo?

—Creo que este viaje podría convertirse en un buen relato o incluso una entrada para el blog. ¿Qué opinas?

Rowena sonrió.

—Creo que tienes toda la razón. Si él es capaz de escribir, estoy convencida de que tú también puedes. ¡Y aún mejor!

—¡Brindemos por los nuevos proyectos! —dijo Lilith, haciendo chocar su vaso de jugo de naranja con el de vino blanco de Rowena.

Capítulo 14.

Final Feliz. ¡Zane es un tío fantástico!

Lilith durmió mejor de lo que esperaba, aunque se despertó alrededor de las 7. Fue al gimnasio e hizo ejercicio un buen rato, volvió a su habitación y comprobó su teléfono antes de irse a la ducha. Había un mensaje de Zane.

'Buenos días Lilith! Espero que hayas dormido bien. Quería disculparme de nuevo por el bostezo y me preguntaba… Si estás despierta, ¿por qué no desayunamos juntos? Llámame.'

El mensaje había llegado hacía 15 minutos. Rowena estaba en el balcón. Lilith llamó a Zane. Él tardó unos segundos en contestar.

—¡Hola!

—¡Estás sin aliento!—le dijo Lilith.

—Sí, he oído el teléfono cuando estaba saliendo de la ducha. ¡Entonces estás despierta!

—Sí. Acabo de volver del gimnasio. Yo también me iba a duchar.

—Podríamos haber compartido. Si lo hubiera sabido…

Lilith sonrió, pero no dijo nada.

—Perdona. Quizás he sido demasiado atrevido.

—No…Sí…Bueno, no sé. Quizás es un poco pronto para

ese tipo de cosas...Pero si no te importa esperarme mientras yo me ducho más sola que la una, podríamos desayunar juntos.

—Será un placer. Estaré pensando en ti. En tu ducha caliente y humeante...Vale, vale, me callo. Te veo en un nada...Digamos... ¿una media hora en recepción?

—OK.

Lilith dejó su móvil en la mesita de noche. Estaba muy contenta. Qué raro el efecto que una llamadita telefónica de nada podía tener en el estado de ánimo de una persona. Salió corriendo al balcón vestida aún con pantalones cortos y camiseta.

—¡Rowena!

—¿A qué viene tanta excitación?

—Zane. Me envió un mensaje. ¡Quiere que desayunemos juntos! Tengo que ducharme y vestirme. Hemos quedado en media hora.

—Voy a reservar algunos tratamientos de belleza en el spa. Tengo la impresión de que vas a estar muy ocupada—dijo Rowena.

—No, si quieres que hagamos algo juntas...

Rowena se echó a reír.

—¡Te estoy tomando el pelo! Me encantaría tener un poco de tiempo para relajarme, sin hijos, sin marido y sin amigas que sufren de un ataque de amor a primera vista...Anda, ve a ducharte. Llamaré al spa y me visto.

Rowena y Lilith bajaron juntas a recepción. Lilith no sabía qué ponerse, pero finalmente se decidió por un vestido de lino de color crudo. Se volvió a Rowena cuando llegaron al pie de la escalera.

—¿Qué te parezco?

Rowena la miró de arriba abajo y sonrió.

—Estás radiante. La felicidad te sienta bien. Aunque fueras vestida con un saco estarías guapísima.

Zane la estaba esperando en recepción. Iba vestido de azul, a juego con sus ojos, y a Lilith se le ocurrió que nunca había visto a nadie tan atractivo. Él sonrió y ella tuvo que corregir su opinión previa. Estaba aún más guapo cuando sonreía.

—¡Hola chicas! Esta debe ser tu amiga Rowena. Encantado de conocerte. Lilith habla mucho de ti—Zane le tendió la mano y se dieron un buen apretón.

—De ti también habla…Un montón—contestó Rowena.

—Ven a desayunar con nosotros… No estoy seguro de qué planes tienes, pero…

Rowena sonrió.

—Tengo varios tratamientos reservados en el spa, pero Lilith está libre.

—Eres toda mía entonces. Tengo algo para las dos. Había un joven nativo vendiendo sus objetos de artesanía. Me parece que…sí, el broche es para ti, Rowena. El collar para ti, Lilith. Te queda perfecto. Precioso.

Tanto el broche como el collar estaban hechos de cuentas de madera y tiras de cuero finas entramadas haciendo diseños intrincados. Tenía razón. Eran a la vez simples pero hermosos.

Zane era el anfitrión perfecto. Le preguntó a Rowena cosas sobre Australia y sobre su familia, conversó con Lilith sobre las recientes novedades en la biblioteca y se interesó por su amiga Debbie. Cuando Lilith le preguntó acerca de su encuentro con el editor él les regaló con un montón de anécdotas humorísticas sobre la feroz competición del negocios de los libros, las rivalidades, envidias y la estupidez en general.

—¡Anda chicos! ¡Tengo que irme o llegaré tarde a mi primer tratamiento! Fue un placer conocerte, Zane. ¡Disfrutad de un día maravilloso los dos! ¡Estoy segura de que lo haréis!—dijo Rowena poniéndose de pie.

—Podríamos cenar juntos y así te lo contamos todo si quieres—sugirió Lilith mirando a Zane que asintió con la cabeza.

—Sí. Eso sería genial.

Zane había alquilado un coche y partieron con un mapa de la zona y las recomendaciones del personal del hotel sobre lugares dónde ir. Él llevaba su cuaderno de dibujo y primero se pararon en una tienda para hacer compras (bebidas y un picnic en toda regla) y se fueron parando en lugares pintorescos donde Zane hizo algunos bocetos para convertirlos en cuadros más adelante. Lilith se quedaba a su lado observándole o se ponía a leer. A la 1 de la tarde se detuvieron en una bahía tranquila y montaron un picnic. Era un lugar precioso, con una playa de arena casi blanca, algunas palmeras, una suave brisa y el agua de color turquesa más vibrante que Lilith había visto en su vida.

—Éste debe ser el lugar más hermoso que he visto jamás.

Se volvió para mirar a Zane que la estaba mirando a ella. Él parecía perdido en sus pensamientos. Ella le dio un toque suave en el hombro, para despertarlo.

—¡Eh! ¿Dónde estás?

Él sonrió y sacudió la cabeza.

—No sé. Esto es increíble. Después de la debacle con Rachel, mi anterior pareja, no creí que pudiera a encontrar a alguien que me hiciera sentirme feliz otra vez. Después de todo ese tiempo compartiendo cosas y con una persona que es el centro de tu vida, incluso cuando las cosas se ponen feas todavía te sientes…Pero me sentí a gusto contigo desde el primer momento. No sé qué es, pero… parece que sé lo que te gusta, y lo que piensas, y es como… bueno, yo sé que es una tontería y nunca lo he creído, pero… es como si fueras mi otra mitad. Mi alma gemela — Zane se había sonrojado, pero parecía feliz. La miró. Ella sonrió.

—Sé que quieres decir. Yo tenía muchas dudas…

—¿Por qué?

—Bueno…Ya conoces a Rowena. Desde que éramos niñas, cada vez que hemos estado juntas, ella siempre ha sido el centro de atención. La más hermosa. La afortunada. Me parece que ya te había dicho que nunca he tenido mucha suerte con los chicos. Nunca hemos coincidido. A los que me gustan a mí no les gusto yo, y viceversa. Y creo que cuanto más tiempo se vive solo, más difícil es invitar a alguien a compartir tu vida. Te acostumbras a tus propias rutinas y no hay espacio para nadie más. Pero apareciste de la nada y… Ha sido como una montaña rusa.

Él la rodeó con sus brazos y la estrechó con fuerza.

—Espero que hasta ahora la experiencia haya sido buena.

—Fabulosa.

La besó en los labios y se entrelazaron en un abrazo y un beso que pareció durar una eternidad. Finalmente se separaron. Ambos estaban ruborizados, pero sonrientes.

Comieron algo y siguieron con el paseo en coche. Se fueron parando a tomar fotos, a dibujar, y a besarse y acariciarse.

Volvieron al hotel sobre las 7. Rowena estaba en el balcón leyendo cuando entró Lilith.

—¿Cómo fue? — le preguntó a Lilith.

—No podría haber ido mejor. Es un tío verdaderamente impresionante. El mejor hombre que he conocido. Y aunque todavía no sé por qué, parece que le gusto.

—Pero Lilith, eres hermosa, inteligente, sensitiva, amable, tienes un sentido del humor apabullante. Por supuesto que le gustas. Si nadie se ha colado en tu vida hasta ahora es porque te has protegido muy bien, pero cualquiera que te conoce sabe que eres una ganga esperando a que llegue un tipo inteligente y se la lleve. Y por lo que he visto de él, yo diría que Zane podría ser el hombre en cuestión.

Lilith miró a su amiga para ver si estaba bromeando. Pero no, Rowena hablaba completamente en serio.

—Sabes que lo digo de verdad. ¿No se suponía que íbamos a ir a cenar? ¡Anda, vístete!

Lilith obedeció la orden de su amiga. Los tres se reunieron para cenar. Se lo pasaron muy bien otra vez. Rowena les dejó después de la cena y ellos se fueron a dar un paseo por la orilla del mar.

—Lilith, podemos esperar todo el tiempo que quieras, pero…Por mi parte, no tengo ninguna duda. Quiero estar contigo. Para siempre. Sé que parece una locura y muy apresurado pero… ¿a qué estaríamos esperando? Los dos somos adultos, sabemos lo que queremos.

—¿Cómo exactamente?

Lilith trató de no aparecer asustada, aunque se sentía insegura. Sí, ella quería estar con él más de lo que nunca había querido nada, pero sólo se habían conocido hacía dos días.

—Podemos discutir los detalles. Puedo venir y quedarme contigo hasta que hayamos decidido qué vamos a hacer…Yo puedo trabajar desde cualquier sitio. Estaba buscando una casa más grande en Escocia. Me encanta la luz de Escocia para mis pinturas. Y hay tantas historias allí. Es un lugar mágico. Siempre he pensado que alguien debería coleccionar todas esas historias y tradiciones… y…

—Sí, sería un proyecto muy valioso…Y podría trabajar contigo…

—Eres una editora tremenda como sé por experiencia propia.

Ella le miró algo sorprendida.

—Con lo de tremenda me refería a fabulosa, magnífica, no a traviesa o mala—aclaró.

Ella sonrió.

—Gracias… ¿Y qué pensará tu familia?—le preguntó Rowena.

—Mis padres se separaron tan pronto como yo y mi hermano Marty tuvimos la edad suficiente. Mi madre es una artista. Vive en una de las islitas y viene a visitarme cuando le apetece. Ella te querrá mucho y estoy seguro de que estará contentísima si compramos una casa más grande. Mi padre… es un banquero retirado…no le gusta nunca nada. Tenemos una relación civilizada pero no estamos muy unidos. No me preocupa demasiado su opinión. Y mi hermano Marty te adorará. Él es agricultor, casado y con 2 hijos, y es la sal de la tierra. Es el hombre más amable que existe. Te encantará. Y todos mis amigos estarán felices de saber que se me ha pasado lo de Rachel. Últimamente estaban de lo más pesimistas sobre mi relación con Rachel. 'Perra Tóxica' fue el apodo que le pusieron la mayoría de mis amigos. Estarán encantados de ver lo feliz que me haces. Yo no sé qué pensarán los tuyos…

—Bueno, Rowena evidentemente te adora. A Debbie… le encantan tus libros y tus pinturas. No me puedo imaginar que no le vayas a gustar en persona. Como sabes no tengo hermanos ni hermanas; Rowena siempre ha sido lo más parecido a una hermana que he tenido, y mis padres… desgraciadamente los perdí años atrás. Sé que les habrías gustado mucho.

—Así que… ¿a qué estamos esperando?

Lilith le miró, de repente muy seria.

—¿Qué?... Oh, no me dirás que te preocupa el sexo, ¿no?

—Hace mucho que no... —Lilith murmuró.

—Lilith...te amo. De verdad. No voy a decir algo estúpido tipo 'es como montar en bicicleta'. Pero iremos al ritmo que quieras. Estoy dispuesto a darte tiempo y espacio. Todo el que necesites.

Lilith sonrió y le besó.

—No creo que vaya a necesitar ningún tiempo o espacio. No después de oír lo que acabas de decir. Vamos a tu habitación.

—¡Vamos!

Después de la primera noche de pasión y de conocerse mejor el uno al otro, Lilith se trasladó a la habitación de Zane, aunque se mantuvo en contacto continuo con Rowena y pasaba tiempo con ella mientras Zane se dedicaba a su pintura y a su escritura. Finalizaron los planes para que él viajara de vuelta con ella. Habían decidido que después de solucionar todos los trámites en la biblioteca se irían a Escocia, venderían el apartamento de Zane y buscarían un alojamiento más adecuado. Lilith se había mantenido en contacto con Debbie que estaba al tanto de sus planes.

El último día de su estancia en las Bermudas, Lilith y Zane se marcharon un par de horas antes que Rowena. Se despidieron en recepción.

—Nunca podré agradecerte suficientemente el que hicieras la famosa apuesta y organizases las vacaciones. Tienes que ser testigo de nuestra boda —le dijo Zane, besándola en las mejillas.

—¿Boda? ¡No habías dicho nada de una boda, Lilith!

—Zane como siempre se pasa de entusiasmo. No hemos

discutido los detalles todavía. Hay un montón de cosas que organizar antes, pero sí... Habrá boda.

Rowena empezó a bailar y dar saltitos.

—¡Fantástico! ¡Eso es lo que yo llamo una historia romántica!

—Adiós Rowena.

Lilith había acertado sobre los sentimientos de Debbie hacia Zane. Estaba perdidamente enamorada de él. Por supuesto, completamente platónico.

—¿Lo ves? ¡Te dije que iba a salir bien! ¡Yo tenía razón!

—Sí. ¡Tú eres nuestra hada madrina!

Lilith y Zane se quedaron en Woodgreen un par de meses para vender el apartamento de Lilith, completar los trámites para dejar el trabajo en la biblioteca y empaquetarlo todo listo para la gran mudanza. El día en que finalmente se fueron Debbie fue a despedirles al aeropuerto.

—Siento que te vayas tan lejos, pero sé que vas a ser muy feliz. Y por supuesto que seguiremos en contacto. Tienes que enviarme los detalles de tu nuevo proyecto, los publicaré aquí, y no te olvides de venir de invitada habitual a nuestra hoja de noticias cuando quieras. Envíanos noticias de ultramar. Estoy muy contenta de verte tan feliz.

—Todo te lo debo a ti. Tú y tu insistencia en arrastrarme al siglo 21 y al mundo de las redes sociales. ¡Tenías tantísima razón!

—Solo quiero como pago una invitación a la boda.

—Tú y Rowena seréis mis damas de honor. ¡Sin excusas!

Debbie sonrió y les besó a los dos. Su marido, Tom, abrazó a Lilith y le estrechó la mano a Zane. Se quedaron mirando como la pareja se encaminaba a la zona de embarque en los aviones, y les vieron darse la vuelta y saludarles antes de desaparecer finalmente de su vista.

—¿Quién lo hubiera pensado? Yo sólo quería que Lilith se distrajera un poco…Se me ocurrió que quizás conociera a alguien pero esto…Va más allá de mis sueños más alocados — le dijo Debbie a su marido.

—A veces, querida, no aprecias tus propios poderes. ¡Vaya casamentera estás hecha!

FIN

Esta es mi primera novela romántica y como veis he decidido probar algo un poquito diferente. Decidme qué os ha parecido. Os dejo información sobre mis obras y algunos enlaces a mis páginas y a mis libros.

Si le echáis un vistazo a mi página en Amazon veréis que también publico en inglés. Al final de todo os dejo mi correo electrónico por si queréis hablar conmigo más directamente. Y si lo hacéis, os enviaré una de mis historias cortas como muestra de aprecio por vuestra amabilidad. Muchas gracias.

Libros:

El hombre que nunca existió
http://www.amazon.com/dp/B009TWEGC8
España:
http://www.amazon.es/dp/B009TWEGC8

Y una novela corta juvenil también para adultos con espíritu joven (una parte romance, una parte historia paranormal y un poco de cuento de hadas)
Gemela Maldad:
http://www.amazon.com/dp/B00BDRLLX4/
España:
http://www.amazon.es/dp/B00BDRLLX4/

Enlaces:

Mi página web:
www.OlgaNM.com

Mi página de autor en Amazon:
http://www.amazon.com/Olga-Núñez-Miret/e/B009UC58G0

Tengo cuenta de Twitter:
@OlgaNM7

Mi blog es:
http://OlgaNM.wordpress.com

Mi página de autora en Facebook
www.facebook.com/OlgaNunezMiret

Podéis ver un trailer de *El hombre* en mi página de autor en Amazon o directamente en You-Tube:
http://www.youtube.com/embed/qvUitFG2D20

Cuenta de LinkedIn:
http://www.linkedin.com/profile/view?id=212028338&trk=tab_pro

Mi página de autor en Goodreads :
http://www.goodreads.com/author/show/6562510.Olga_N_ez_Miret

Google+
https://plus.google.com/u/0/118443714277719085351

Pinterest:
http://pinterest.com/olganm7/

Wattpad:
http://wattpad.com/OlgaNM

Tumblr
http://OlgaNMwriter.tumblr.com

Y finalmente mi dirección de correo electrónico:
OlgaNM@doctors.net.uk

¡Gracias por leer! Y si lo habéis disfrutado, por favor, ¡decídselo a todo el mundo!

Made in the USA
Lexington, KY
18 June 2014